書下ろし

長編サイコホラー

見つめないで

新津きよみ

目次

プロローグ

美貌を鼻にかけた、いけ好かない女をこらしめる方法？

簡単じゃないの。鏡が一枚もない部屋に閉じ込めてやるのよ。バスルームにもどこにも鏡がついていない部屋に。

クローゼットの中には、着飾るためのきれいな洋服がどっさり吊《つ》り下がっている。ドレッサーの上には、美を引き立てるためのブランドものの化粧品がやはりどっさり並んでいる。だけど、クローゼットの扉にもドレッサーにも、鏡ははめこまれていない。

彼女は、化粧をしようとドレッサーの前に座る。鏡がないから、何かを鏡がわりにしようと思う。缶ジュースの底？ 腕時計の金具？ テレビやパソコンの画面？ 洗面器に張った水？ 浴室の磨《みが》いたタイル？ でも、そんなものには顔の輪郭くらいしか映らない。

三日間閉じ込めておいて、あなたは彼女の部屋のドアをノックする。

不安げな彼女の顔がドアからのぞく。

「何か欲しいもの、ない？」

あなたは聞く。

「鏡が……」

彼女が言いかけるのを、あなたはぴしゃりとはねのける。

「鏡はだめ。それ以外なら何でもあげるわ」

数日後、あなたはふたたびドアをノックする。

素顔の彼女が現れる。その目におどおどとした光がちらついている。

「顔色、悪いわね」

「お化粧、してないせいでしょう」

「じゃあ、すれば？」

「でも、鏡が……」

鏡という言葉を彼女が口にした途端《とたん》、あなたはドアを閉める。

次の日、彼女は化粧をした顔をのぞかせる。けれども、鏡がないせいか、アイラインも明らかに指の震えがわかるほど曲がっていれば、口紅もリップラインからぶざまにはみ出している。何より、眉《まゆ》の形が変だ。美人顔にありがちだが、彼女は眉毛の半分を剃《そ》っている。いわば、彼女の美貌の半分は眉で支えられている。アイブロウで描いたその眉が、へんてこな格好なのだ。

あなたは、思いきり噴《ふ》き出す。

彼女は羞恥《しゅうち》と怒りに顔を真っ赤にし、今度は自分のほうからドアを閉める。

翌日、ドアを開けると、そこには化粧を諦《あきら》めた彼女がいる。

「あら、しわができてるわ」

あなたは眉をひそめて、彼女の顔をのぞきこむ。

「本当？」

彼女は、必死に指先で〈新しくできた〉というしわの位置を確かめようとする。

「ほら、そこに。あっ、ここにはしみが」

「そ、そんなに？」

しばらく指先で顔を撫《な》で回すと、「ねえ、見せて」と彼女は懇願する。

「鏡はないわ」

あなたは、残酷に言い放つ。

「お願い、あなたのを貸して」

そう言って、彼女はあなたの瞳に映った点のように小さな自分の顔を見ようとする。

あなたは、そこでパッと目を閉じてしまう。

そうやって、鏡のない部屋に一か月も閉じ込めてごらんなさい。ううん、一週間でいいわ。

彼女は、確実に狂っているはずよ。

どう？

10

試してみない？

第一部　わたしを見つめて

第一章　友達

1

「秀子《ひでこ》、そちらにお邪魔していませんか？」

秀子の夫、高見行雄《たかみゆきお》から電話があったとき、

「いいえ」

と、喜美代《きみよ》はためらわずに答えた。

うそではない。

「最近、秀子とお会いになりませんでしたか？」

「……いいえ」

今度は、ちょっと迷って喜美代は答えた。

うそだ。高見秀子とは昼間、会ったばかりだ。

「どうかなさったんですか？」

「いや、あの……」

行雄は口ごもった。

「秀子、どうかしたんですか？」

いなくなったんです、のひとことを喜美代は期待した。

だが、行雄は、「別に……。失礼しました。また、電話します」と言ったきりで、電話を切った。そそくさと電話を切られたのは、うそをついていると察知されたからではないか、と喜美代は思った。

女の友情と倫理とのあいだで、喜美代の心は揺れていた。

「わたしと会ったことは、主人には黙っていて」と、秀子に口止めされている。だが、「決心が固まっているのなら、もう一度ちゃんと話し合って」という喜美代のアドバイスに、秀子は素直にうなずいたはずだった。とっくに、夫には連絡をしたもの、と思っていたのだが……。

――もし、秀子の身に何かあったら……。

うそをついたことを後悔するような羽目《はめ》になったらどうしよう。ふっと、喜美代の脳裏を不安がよぎった。倫理より友情を優先したことで、何かしらの災《わざわ》いがもたらされるような嫌な予感を覚えたのだ。

「電話、どこから？」

風呂から上がった克典《かつのり》が居間に入って来た。

「あ……ああ、間違い電話だったの」

まったく、もう、と言い添えて、喜美代は煮物を温めるために台所へ逃げ込んだ。

高見秀子の夫から電話があった、と事実を告げることはできない。妻の中学校以来の友達が突然家を出たと知ったら、克典は、家を出た理由を当然、友達である喜美代の側にも求めてくるだろう。

――でも、それ以前に……。

喜美代は、小さなため息をついて、膝《ひざ》の上に夕刊を広げながらテレビのニュースを見ている克典の姿をちらりと見た。

――あの人は、秀子の名前すらも憶《おぼ》えていないかもしれない。

秀子の名前は、克典の前で何度か口にした憶えがある。だが、そのたびに彼は、視線を一度もこちらへ向けることなく、生返事《なま》を繰り返していた。そんな夫の態度を見て、妻の友人になど興味はないのかもしれない、と喜美代は解釈した。いや、友人だけではない、妻に関するすべての事柄に興味はないのかも……と思うことさえある。

――いつから夫は、わたしの目を見て話さなくなったのだろう。

ときどき喜美代は、自分たち夫婦が築き上げてきた過去の歴史のあらゆる場面を思い返してみる。

結婚したのは、喜美代が二十五歳で、克典が二十八歳のときだ。翌年、彰《あきら》が生まれた。二年後、喜美代はふたたび妊娠したが、三か月目に入ったところで流産した。それきり、子供には恵まれない。したがって、彰は一人息子だ。その彰が小学校二年生のとき、東京郊外に家を買った。彰が私立中学に合格した直後に、克典の北海道への転勤が決まった。せっかく入った難関私立中学だ。克典は、赴任先へ単身、向かった。「少なくとも、三年は帰って来られないな」と言っていた克典だったが、幸いにも二年で東京の本社に戻れた。しかし、彼は、マンションで一人暮らしをしていた習慣までそっくり持ち帰ってしまった。部屋に家族がいても、まるでいないかのようにふるまうことができるのだ。二年間という年月は、家族を忘れるには短すぎる年月だと喜美代は思うが、夫にはそうではなかったらしい。会話のない状態に夫は慣れきっていた。そして、そのほうが快適だと気づいてしまったようだ。

彰がエスカレーター式に高校へ上がれる中学を選んでしまった影響もあったのだろう。赴任先から戻ってすぐに、夫が息子の受験勉強に口出しする必要はなかった。彰もまた、休日に家族でどこかへ出かけたり、家族団欒《だんらん》したりするのをうっとうしがる年齢に達していた。

——単身赴任がきっかけで？

だが、それより前に兆《きざ》しはあった、と喜美代は感じている。

彰が生まれたころ？

新居を購入したころ？

彰の受験勉強に母子で必死になっていたころ？

明確にいつから、と断定はできない。けれども、確実に、少しずつ少しずつ夫婦の絆《きずな》が錆《さ》びついていったような気がするのだ。

ハッと気がついたら、克典は、人の目を見て話す、という基本的な姿勢をまったく忘れた生活に陥《おちい》っていたというわけだ。

「パパ、わたしの話、聞いてるの？」

視線を向けて話さない夫に苛立《いらだ》って、喜美代は声を荒らげたことがあった。

「耳があるんだ、聞こえてるよ」

克典は、野球中継のテレビ画面から目を離さずにうるさそうに答えた。

でも、目もあるんでしょう？　だったら、わたしをちゃんと見つめて答えてよ。——喉元《のど》まで出かかったそのセリフは、あまりの少女じみた響きにさすがに気恥ずかしさを覚えて呑《の》み込んだ。その機会を逃したのが致命的だったらしい。いまさら改めて注意するのも面倒だと思いつつ、喜美代はいまに至っている。こんな夫婦はそれこそ、掃《は》いて捨てるほどいるのよ、と諦め半分に自分の胸に言い聞かせながら。

「彰は？」

いま思いついたように、克典が声のトーンを上げた。

「今日は塾の日よ」

「こんなに遅いのか？」

壁の時計は、九時半を回っている。

「いつも、金曜日はそうじゃないの」

エスカレーター式に高校へ上がれるとは言っても、レベルの高い中学校だ。授業に遅れずについていくためにも、塾へ通うのは常識になっている。

「そうだったか？」

ふーん、とうなずいて、克典は、ふたたびテレビに見入る。

その言葉で、喜美代は、夫の息子に対する関心さえも薄れているのを感じた。平日はおろか休日も、家族三人がそろって食卓につくことはまずない。

寂しい、と喜美代は思う。

——寂しいけれど、でも……。

だからと言って、この家族を捨ててしまいたい、などとは夢にも思わない。

——だけど、わたしにはできないことが秀子にはできた。

何かに取り憑《つ》かれたような秀子の顔を思い出し、冷蔵庫の扉を開けた喜美代の手は止まった。

信州の旧家に嫁《とつ》いだ秀子である。三人の子供をもうけ、幸せに暮らしていたはずだった。

その秀子が、今日、いきなり喜美代の前に現れ、目を輝かせながらこう宣言したのである。

「喜美代、驚かないで。自分の夢を実現するために、わたし、家族を捨てる決心をしたの」

＊

高見行雄から電話があった翌日、市立図書館の朗読ボランティアを終えて戻った喜美代は、何げなくテレビをつけて凍《こお》りついた。ワイドショーではちょうどニュース枠の時間帯で、女性アナウンサーがいくつか国内外の大きなニュースを読み上げたあとに、一人の女性が豊島《としま》区内のホテルの一室で絞殺された事件を報じた。

——殺された主婦は、所持品から長野県上田《うえだ》市在住の主婦、高見秀子さん、四十一歳とわかりました。高見さんは昨日の朝、自宅を出たきり、家族と連絡が取れない状態になっていました。池袋《いけぶくろ》南署では、高見さんと一緒にいた男性の行方《ゆくえ》を追っています。

喜美代は、テレビをつけたまま、しばらく放心していた。ＣＭになってボリュームが上がり、我に返った。同姓同名の別人とは思えない。秀子が上田の家を出たのも昨日だ。電話機に飛びつき、受話器を取り上げたが、思い直した。いま、秀子の夫にどう話せばいいかわからない。やっぱり、あのとき、本当のことを告げていればよかった。そしたら、こうなる前に打つ手は何かあったかもしれない。悔《く》やんでも遅いが、後悔の念と行雄に対してすまない気持ちがこみあげた。

2

秀子からの電話は、喜美代が録音図書用の本に目を通していたときにかかってきた。ほぼ一年ぶりだったので、喜美代はびっくりして、「あら、秀子？」と思わず声をうわずらせた。

秀子の嫁《とつ》ぎ先は、上田の老舗《しにせ》菓子店である。電話は店のほうにかかる。商売の邪魔をしては悪い、とこちらからかけるのはためらわれた。年賀状のほかに年に何回か、近況を知らせる手紙を送り合う仲になっていた。郵便受けに彼女のハガキや手紙を見つけると、宛名の部分を見ただけですぐに差出人がわかった。筆ペンで書かれた字が達筆だからだ。中学、高校時代、秀子は何度も習字コンクールに入選したものである。その流麗な字を見るたびに、〈顧客に挨拶《あいさつ》状を書くのに、秀子はさぞかし重宝《ちょうほう》がられているのだろう〉と、自分のことのように嬉《うれ》しくなった。

「子供たちは三人とも健康に育っているし、主人も元気だし、義母とはときどき衝突し合うけど、でも、仲良くやっているほうだと思う。お店のほうも順調です。いままであまり意識しなかったけど、わたしってずいぶん幸せなんでしょうね。人は不幸は数えるけど幸せは数えない、って本当ね。昨日、幸せの数を数えたら、なんと十八もありました。ささやかな幸せも含まれているけど。喜美代はいくつある？」

そんな内容の手紙が、暑中見舞いの挨拶を兼ねて送られてきたのが、この夏のことだ。あれから、四か月しかたっていない。

自分の幸せを実感していたはずの秀子だったのに……。

「わたし、いまどこにいると思う?」

電話でそう尋ねた秀子の声には、どこか突き抜けたような明るさと強靭《きょうじん》さが含まれていた。

「東京?」

彼女の実家は、神奈川県の平塚《ひらつか》にある。五年ほど前に母親を亡くしているが、現在は、父親が息子の家族と暮らしているはずだ。

「そう。出て来てるの」

「実家に用事があったの?」

それとはちょっと違うだろう、と思いながらも喜美代は聞いた。

「ううん。……あのね」

秀子は、少しの沈黙のあとに続けた。「大事な決心をしたの」

「大事な決心?」

喜美代は、ドキッとした。結婚してから顔を合わせる機会は数えるほどしかなかったが、この世でいちばんの親友だと認識していた彼女が、いまこの瞬間から自分の手の届かないどこかへ行ってしまいそうな不安に襲われたのだ。

「会って話すわ。喜美代には、どうしても会いたかったんだもの」

それで、秀子が指定した新宿のホテルまで出向いた。そこで、親友の〈大事な決心〉というのが〈家族を捨てる決心〉だと知り、不安が的中したことに声を失った喜美代だった。

「本気なのね？」

喜美代の問いに、秀子は大きくうなずいた。

「よく考えた末の結論？」

「そうよ」

「男の人……じゃないの？」

すると、秀子は噴き出した。「喜美代も、やっぱり普通のオバサンの考え方をするのね。言ったでしょう？　自分の夢を実現するために、って」

「秀子の夢って……」

喜美代は、秀子が結婚を決めたときに聞かされた話を思い出した。彼女はこう言ったのだ。

――行雄さんとお店を守って行くのがわたしの夢なの。わたしはサラリーマンの家庭で育って、商売のことなんて何一つ知らないけど、二人で同じ方向を向いてスタートできるってすばらしいことだと思わない？

「お店を守ることじゃなかった？」

喜美代は、遠慮がちに過去の友達の夢を答えた。

「それは……本当の夢じゃなかったのよ」

秀子は、コーヒーカップを手に、遠くを見る目をしてつぶやいた。そして、ふっと視線を喜美代に戻すと、こう尋ねた。

「喜美代、自分が昔、何になりたかったか、憶えてる?」

「いきなり、何よ」

喜美代は面食らって、口をつけたカップを遠ざけた。

「中学のとき、卒業文集に書いたでしょう? 将来、何になりたいか、って。わたし、喜美代がどう書いたか憶えてるよ。『アナウンサーになりたい』、そう書いたよね?」

「そうだったかな」

記憶してはいたが、喜美代はとぼけた。専業主婦になって久しいいま、十代のころの自分の夢を語られるのは恥ずかしい。

「喜美代、放送部に入って活躍してたものね。高校に行ってからも、校内放送は大体、喜美代の声だった。高すぎず低すぎず、澄《す》んだ声がとてもきれいで、聞きやすかった」

「やめてよ。たかが中学時代の夢じゃないの」

「わたしが何て書いたか憶えてる?」

「スクールメイツみたいに歌手の後ろで踊《おど》る人になりたい、そう書いたんじゃなかった?」

答えながら、喜美代は心臓の鼓動が激しくなっていくのを感じていた。目の前の彼女――中学校時代からの友達は、誰もがとうに忘れてしまったようなはるか昔の夢を、古い文集を探し出すように心の引き出しの奥から引っ張り出してきてしまったのか。

「あのころは、バックダンサーなんて言葉、知らなかったのね。いまならはっきりこう書くわ。わたしの夢は、バックダンサーになることです、ってね」

喜美代は、しばらく黙って秀子を見つめていたが、コーヒーカップを脇へどけてテーブルに肘《ひじ》をついた。

「まさか、秀子。ダンサーになる夢のために家族を捨てる、なんて言い出すんじゃないでしょうね」

「目が覚めたのよ。自分が本当になりたかったもの、にようやく気がついたの。ううん、意識的にその夢に目覚めないようにしてきたのかもしれない」

秀子は、声を落とした。「だけど、もう……我慢するのはやめたの。これからは、自分の夢のために生きる」

「どうするつもり？」

そう問う喜美代の声は震えていたかもしれない。信州ののどかな地方都市で、家族に囲まれて幸せに暮らしていたはずの主婦が、なぜ突然、〈昔の夢〉に目覚めてしまったのか、なぜ、家族を捨てるという大胆な行動をとるまでに至ったのか、まるで理解できなかった。もしかしたら、秀子の本心は、やはりもっと別のところにあるのではないか。本音を聞き出すためにも、気持ちが高ぶっている彼女を刺激しないほうがいい。喜美代はそう考えて、努めて冷静な口調で聞いた。

「ご主人と別れるの？」

「そういうことになると思う」

「子供たちは？」

「置いて出るわ」

躊躇《ちゅうちょ》せずに即答した秀子の顔を、喜美代は穴が開くほど見つめた。が、どんなに見つめても、友達は「冗談よ」と破顔しそうにない。

――本気なのだ。

秀子の熱っぽさがじわじわと伝わってきて、喜美代の背筋に悪寒《おかん》が生じた。

「それで、下準備として今回、上京したわけ」

秀子の口調は、スーパーで大根がいくらだったわよ、と言うそれとほとんど変わらない。

「ご主人にはどう話したの？」

「ダンサーになりたいという自分の気持ちを伝えて、二、三日、時間をちょうだい。そう書き置きして出たわ」

「お金は？」

「わたしだって、へそくりくらい貯めてたわよ」

秀子はちょっと笑った。目尻にしわが寄る。

「下準備って、その……」

どう言葉を継《つ》いでいいかわからない。秀子の決断が唐突すぎて、困惑と混乱の中に置き去りにされたような気分だ。

「とりあえず、住む場所を決めようと思ってね」

「あてはあるの？」

「まあね」

具体的な場所が彼女の口から語られるのを待ったが、秀子はコーヒーカップを取り上げただけだった。

「本当に、一人で決めたことなの？」

ここまで突飛《とつぴ》な決断を下せた背後に、どうしても男性の存在を考えてしまう。

「そうねえ、相談相手はいたけど」

ふっと目を細めて、秀子は答えた。

「誰？」

「ああ……喜美代にひとことの相談もなしに決めたんで、気を悪くしているのならごめんなさい。でも、自分でも信じられないくらい、短いあいだに決心がついたのよ」

「だ、だけど、秀子。暑中見舞いの手紙では、『幸せの数を数えたら十八もあった』って書いてきたじゃないの。か、家庭を捨てるなんて決断、そ、そう簡単に下しちゃいけないわ」

憑物《つきもの》がついたような秀子の表情に気圧《けお》されて、喜美代はつっかえながらたしなめた。

「あれは、わたしの幸せじゃないわ。主人の書いた文章がタウン誌に載《の》ったり、子供の絵がコンクールで入賞したり、持久走大会で二位になったりしただけのこと」

「でも、それが秀子の幸せにつながるんじゃなかったの？」

「そう思い込んでいただけ。考えてみたら、どれも自分の成果じゃない。そんなの、虚《むな》しいじゃないの」

「………」

「ねえ、喜美代は、どうしてアナウンサーにならなかったの？」

「試験に落ちたんじゃないの」

いまさら何をわかりきったことを聞くのよ。そう思って、ふて腐《くさ》れたような口調になった。

「NHKだかTBSだかの、大きなところでしょう？　それで諦めたの？」

「ほかにどうすればよかったのよ。地方局を受ければよかったってわけ？」

「諦めるのが早すぎた、とは思うわ」

「でも、どこかに就職しなくちゃいけなかったわけだし、あの時代、女の子が就職浪人なんかできなかったでしょう？　アナウンサーになれるなんて保証、どこにもなかったんだもの」

結局、アナウンサー志望の喜美代が就職したのは、都市銀行だった。三年目に同僚の結婚披露宴で新郎の友人だった外山《とやま》克典と知り合い、彼と結婚した。克典は、大手の事務機器メーカーに勤務していた。将来の伴侶《はんりょ》となる男との出会い方も、寿《ことぶき》退社という退職の仕方も、当時としてはごくありふれたものだった。

「だけど、夢を叶《かな》えている人はいるじゃないの」

「世の中、自分がなりたいものになれるほど、甘いものじゃないわ」

「でも、なっている人はいるわ」

秀子は、どこまでも言い返してくる。

喜美代は、ムッとした。

「それは、ほんの一部の人でしょう？」

「一部でもいるじゃないの」

「運がいい人よ」

喜美代も、負けずに言い返した。

「運だけかしら」

「………」

「運、才能、努力。そのうちの何か一つ欠けただけで、なりたいものにはなれないのよ。喜美代は何が欠けていたと思う？」

「すべて……よ」

すべて、と言わなければ、いまの生活を正当化できない気がしたのかもしれない。

「そんなに謙遜《けんそん》することないわ」

秀子は、真剣な顔でかぶりを振る。「喜美代には才能がある。それは、誰もが認めていたことじゃないの。いまだって、テレビに出てる女子アナに負けてはいない。舌ったらずの甘ったれた声。きんきん耳に響く、かん高い声。読み違え、とちり、と最近の若い女子アナにはまったく呆《あき》れるわ。それに比べたら、喜美代の落ち着いた口調は、人に安心感や信頼感を与える。容姿だって悪くないじゃないの。大学のミスコンに出たんだしさ」

「入賞しただけよ」

正確に言えば、アナウンサー部の宣伝のために、強引に出場させられたのだった。お情《なさ》けで、出場者全員には何かしらの賞が与えられた。喜美代が獲得したのは、「微笑で賞」というふざけた名前の賞だった。喜美代は、微笑《ほほえ》むと両頰にくっきりエクボが生じる。二十年あまりたったいまもそれは変わっていないが、肌の張り具合が当時とまるで違う。

「入賞したのだって、すごいわ」

「ありがとう。だけど、全部、昔の話よ」

喜美代はそう言って、肩をすくめた。現在、どれほど褒《ほ》められようと、チャンスをつかもうとしていたあのころには戻れないのだ。チャンスは目の前にあった。千人に一人がつかめる、まるで宝くじの確率のようなチャンスが。しかし、それをつかんだのは自分ではない。喜美代は、テレビ局のアナウンサー試験の会場の光景を思い出した。女優になったほうがいいくらいの美貌の持ち主がずらりと並び、誰もがまばゆいばかりに光り輝いて見えた。雑多な化粧品の匂いに酔ったようになって、ハンカチで鼻を押さえたのを憶えている。そのとき、喜美代は直感したのだった。わたしは到底、この熾烈《しれつ》な競争を勝ち抜けそうにない、と。自分に決定的に欠けているものは、人を押しのけてまで……という野心と根性だ、と。二次面接まで進んだものの、案《あん》の定《じょう》、喜美代は試験に落ちた。

「そうね、確かに、四十女に女子アナの門戸は開かれてはいないわね」

秀子はため息をついた。

「そうでしょう？」

その機会をとらえて、喜美代はたたみかけた。

「だから、夢もいい加減、諦める時期ってあるのよ。若いときの夢をずっと引きずっていてはいけないのよ。だって、わたしたちには家庭があるんだもの。自分の夢と家族を天秤《てんびん》にかけたら……」

「わたしのほうにはいま、チャンスがあるのよ」

友達の忠告などまったく耳に入っていなかったらしい。秀子は、身を乗り出して遮《さえぎ》った。

「年齢制限なんてないところを見つけたの」

「えっ？」

「わたしにもオーディションを受ける権利があるのよ」

「何の？」

「ダンサーのオーディションに決まってるじゃない。喜美代、わたしが田舎《いなか》に住んでいると思ってバカにしてない？　情報なんてね、日本中、どこにいても入ってくるものよ。『劇団ソレイユ』のミュージカル、出演者のバックダンサーを大々的に募集してるのよ。中年女性役ってのもあったわ」

「受けるつもり？」

「当然じゃないの。それで出て来たんだから」

秀子は笑って、椅子《いす》の背にもたれかかった。喫茶店の木の椅子がわずかにきしんだ。

――もう紛《まぎ》れもなく、彼女は本気だ。

喜美代は、冷たい水で顔を洗ったときのように気持ちを引き締めた。秀子は、たちの悪い風邪《かぜ》にかかってしまったのだ、と思った。そうであれば……治してあげなければいけない。

「でも、そういうのって、プロのダンサーもたくさん受けるんでしょう？　何の準備もしていない秀子がそう簡単に受かるとは……」

「もちろん、レッスンだって受けるわよ。オーディションまでにはまだ間があるんだし」

「レッスンを受けたからって、オーディションそのものに受かるとはかぎらないでしょう？　そんな不確かな夢のために家を飛び出して来るなんて」

「落ち着き先とレッスンの先生を決めたら、改めて主人には話すつもりよ」

「レッスンの先生って？」

「雑誌で見てマークしてたの。電話したら、『どうぞ、おいでください』って言ってくれたのよ。ほら、昔、『紅白』なんかの振りつけをやっていた人で、その道では有名な人よ」

秀子が口にした振りつけ師の名前に、喜美代は記憶がなかった。

「家を出て東京で部屋を借りて、その先生のレッスン場に通うってわけ？」

「まずはね」

「そう」

喜美代は、冷めかかったコーヒーに口をつけ、どう切り込もうか考えた。昔の夢に目覚めた、と興奮している秀子だ。しかし、もっと根本的に目覚めさせる必要がある。型どおりの忠告が通じない場合はどうすればいいのか。考えを巡らせた。

「本当に……それだけ？」

「それだけ、って？」

「手紙には書かなかっただけで、ご主人への不満とかお義母《かあ》さんへの不満とか、いろんな悩みを抱えていたんじゃない？　そこから目をそらそうとして……」

「昔の夢に逃げた？」

あとを引き取って、秀子は笑った。腹の底からの笑い声だった。「男の次は、夫への不満、姑《しゅうとめ》のいじめ、ってわけね。そのほうがわかりやすい構図だから？　やっぱり、喜美代にも理解してもらえないのね」

「そういうわけじゃないわ。ただ……ご主人ともっとよく話し合う時間を取ってもいい、と思ったの」

「落ち着き場所が決まったらすぐに連絡するから、心配しないで」

「…………」

「一時的な気の迷いだと思ってるの？　そんなんじゃないのよ。わたしの決心はぐらつかないわ」

「…………」

「さっき、チャンスって言葉を使ったけど、チャンスってそうそうころがっているものじゃないと思うの。ダンサーになるには、これが最後のチャンスなのよ」

「家の近くで、趣味で習うだけじゃだめなの？　たとえばフラメンコとか、ジャズダンスとか。まずは、そういうところから始めて身体《からだ》をならしてもいいんじゃない？」

答えは予想できていたが、おそるおそる喜美代は提案してみた。

「カルチャーセンターのノリでいくらやってもだめなの。やる以上、プロをめざさなくちゃね。それがわたしの夢だったんだもの」

案の定、即座に秀子は返した。

「喜美代だって知ってるでしょう？　生まれた瞬間から、わたし、産院に流れていた音楽に合わ

「ああ、うん」

その話は、秀子の亡くなった母親から聞いた憶えがある。「この子はね、とても音感のいい赤ちゃんだったのよ」と。秀子は、音感が優《すぐ》れていて、運動神経もよかったので、幼稚園に入る前に地元の体操クラブに入れられたという。中学校では体操部に入り、高校へ進んでからは新体操に転向した。種目によっては、都大会でかなりいい成績を上げた秀子である。しかし、「もう新体操は飽《あ》きた」と言って、その方面の大学には進まなかった。秀子と喜美代はディスコへ踊りに行くこともあったが、リズム感が抜群によく、身体の柔らかい秀子は、目鼻立ちが派手なせいもあって、ディスコでも目立つ存在の女子学生だった。

「いつか舞台に立つダンサーになりたい。そういう気持ちはいつも抱いていたのよ。だけど、そんなこと言ったら、親にも教師にも眉《まゆ》をひそめられるでしょう？　新体操くらいで満足させてやってたほうが健全でいいかな、って計算してたわけ。でも、結局、自分自身が物足りなくなっちゃって。新体操じゃ、限界も見えてたしね。ディスコに狂った時期があったのは、ストレス発散の一つだったのかもしれない」

「でも、行雄さんに出会って、伝統あるお店を守って行くのが自分の夢だ、と思った時期もあったんでしょう？」

その夢を追い続けてきた、と喜美代は信じていた。秀子は、短大を出て旅行代理店に就職した。国内ツアーの添乗員をしたときに知り合ったのが高見行雄だった。

「確かにあったわ。だけど、気持ちがぐらつくたびに、これがわたしの夢だったんだから、と無理やり思い込もうとしてたのね。というより、生活に追われているうちに、いつしか自分の本当の夢を忘れ去っていたのかもしれない」

「本当の夢ってのがよみがえったのはなぜ？」

喜美代の質問に、秀子はふっくらした手で両頰を挟んで考え込んだ。しばらくそうしていたが、つっと顔を上げた。

「じっくり、自分自身と向き合ってみたせいかしら」

「最終的には自分の決断でも、誰かに相談してみたんでしょう？」

その誰かの存在がとてつもなく大きいのだ。ここまで女に大事な決断をさせる存在は、やはり好きな男としか考えられない。そう推理して、喜美代は突っ込んだ。秀子は、最初に、「相談相手はいたけど」と言いかけて、名前を明かすことはしなかったのである。その男が今回、秀子を東京に呼び寄せたという可能性も考えられる。

「だから、自分自身」

「秀子」

喜美代は、語気を強めた。「わたしが信用できないの？　だったら、友達として情けないわ」

「本当に、自分自身なのよ。相談相手がいるとしたら、ね。でも、こんなこと言っても、信じてもらえそうにないからいいわ」

「相手の名前、言いたくないのね」

「男なんていないってば」

「じゃあ、女？」

「三人の子育てしながら田舎の老舗を守ってきた一主婦に、相談できる友達なんかできやしないわ。とんでもなく狭い世界だったのよ」

「………」

とんでもなく狭い世界で、秀子はどういう男とどう出会ったのだろうか。

「やっぱり、わかってもらえないみたいね」

秀子は、寂しそうに微笑んだ。「どう言えばわかってもらえるのかしら」

喜美代は、黙ったまま秀子を見つめていた。

「夫にも義母にも子供たちにも不満はあった。だけど、わたしは必死にそれらを抑《おさ》えようとしてきた。でも、ついにこらえきれなくなって爆発した。その瞬間、昔の夢が鮮やかによみがえって、わたしはそちらへ逃げ込んだ。そのほうが喜美代が理解しやすいって言うのなら、いいわ、そういうことにしておくわ」

「そんな言い方ないでしょう？」

「そういう部分も少しはあるかな、と思ってね。でもね、これだけは言っておくわ。主人以外の男に惹《ひ》かれたわけじゃ、決してないのよ」

「わかったわ」

信じてはいなかったが、とりあえず喜美代はそう答えた。高見行雄という男に妻を引き止めておく力がなかったことも、また事実なのだ。「わたしと会ったことは、主人には黙っていて」と秀子が念を押す前に、〈自分の口からは秀子の夫に言わないほうがいい〉と喜美代は判断した。秀子に熱を冷ます時間を与えたかった。ここで自分が騒ぎ立てれば、彼女の家庭の崩壊は決定的になってしまうおそれがある。

「決心が固まっているのなら、もう一度ちゃんと話し合って。お願いだから、すぐにでもおうちに電話して」

荷物を持った秀子と別れるとき、喜美代は言った。

その言葉に秀子は深くうなずいて、きびすを返した。

友達の後ろ姿を喜美代は見送った。学生時代とは別人のように贅肉《ぜいにく》をたっぷりつけた四十女の後ろ姿を。厚ぼったい背中、丸い肩、コートがきつそうに見える腕回り。くびれのないでっぷりした腰。長さはあるが、象のように太い足。

——あなた、本当にいまのその姿でダンサーをめざすつもり？　まずは鏡をよく見てごらんなさい。それから決めても遅くはないわ。

なぜ、そのひとことが言えなかったのだろう。「最低十キロ、ううん、十五キロは体重を落としてからでないと、舞台で飛び跳ねた途端《とたん》、床が抜け落ちてしまうかもしれないわよ」と。心の中では何度も繰り返していた言葉だったのに、真摯《しんし》な表情の彼女にぶつけるには残酷すぎるセリフに思えて、躊躇《ちゆうちよ》せざるを得なかった。

しかし、親友ならば、心を鬼にして言うべきセリフだったのだろう。〈現実〉に目覚めさせるためにも。

喜美代は、一生、そのことを後悔する羽目《はめ》になったのだから。

3

――鏡？

ふと、何かが喜美代の脳裏に引っ掛かった。

別れぎわ、秀子に「ああ、これ、喜美代に」と、手渡されたものがあった。それは、ファンシーショップで包んでくれるようなクマの模様がついた紙袋に入っていた。

「何？　おみやげ？」

「そんなようなもの」

袋から引き出してみると、バッグに入れて持ち運ぶのに便利なサイズの、コンパクトな丸い手鏡だった。鏡の直径は、六、七センチだろうか。木彫りの縁《ふち》どりがあり、鏡の裏にも唐草《からくさ》模様のような木彫りの装飾が施《ほどこ》されている。把手《とって》には模様がない。

「上田の民芸品？」

漆《うるし》を塗った丁寧な造りを見て、喜美代は聞いた。

「よくわからないけど、そうかもしれない」

秀子は、あいまいな言い方をした。

「わたしが愛用してたの。よかったら使って」

「いいの？　価値ある大事なものじゃないの？」

把手の光沢《こうたく》は、一定期間、誰かの手に触れたために生じたものと思われた。

「見てもらったけど、高価なものじゃないそうよ」

「でも、何だか由緒《ゆいしょ》ある鏡のような気がするわ」

「そんなはずないわ。蔵の奥でほこりまみれになっていたんだし」

「蔵にあったのなら、高見家に代々伝わる鏡じゃないのかしら」

「もしそうなら、蔵でほこりまみれにしておくはずないわ。……ねえ、そのへんにあまりない手鏡でしょう？」

「そうね。模様が珍しいし、とてもきれいだわ」

「喜美代、使って。わたしにはもう必要ないから」

そう言って、秀子は微笑んだ。喜美代にはその意味がよく理解できなかったが、手鏡の持つ不思議な魅力――唐草にも蛇《へび》にも見える模様は、確かにそれまで目にしたことのない珍しいものだった――に惹《ひ》かれて、「ありがとう」と受け取った喜美代だった。友達が遠くへ行ってしまいそうな不吉な予感を覚えていたのかもしれない。それで、何か彼女のぬくもりが感じられる品を無意識のうちに求めたのかもしれない。

手鏡に自分の顔を映すと、秀子が言った。

「ねえ、鏡に映る自分の顔ってどう思う？」

「しみやしわなんか気にしなかったころに戻りたい、切実にそう思うわ」

――あたりまえだけど、かわりばえしない顔だわ。

目元の小じわを見るなりうんざりして、喜美代はテーブルに手鏡を伏せた。

「そういうことじゃなくて……本当に、自分の顔が映っていると思う？」

「当然じゃない。自分じゃなくて一体、誰なの？」

「それは、自分にとてもよく似た顔よ。鏡には、自分の姿が左右逆に映るって知ってるでしょう？」

「腕時計をはめた左手が鏡の中では右手、そういうことでしょう？」

「そう。右目でウインクすれば、鏡の自分は左目でウインクしている」

「左右が反転するから、それは本物の自分じゃないってわけ？」

「よくよく考えると、左右がそっくりきれいに反転するわけじゃないのよ。喜美代の右側の顔は

〈鏡の中では〉左側の顔として映る。左側の顔は右側の顔として映る。自分と向かい合ったもう一人の自分が鏡の中に立っていることにはならないの。つまり、喜美代が鏡で見る自分の顔と、わたしがいま、こうして見ている喜美代の顔は、恐ろしく似ているけど、まったく違うってこと」

「言われてみればそうだけど……」

「だから、鏡を見ながら、あるがままの自分の顔を見ているわけじゃないってことね」

「それは、そうね。理論的に、本当の自分の顔を生で見たければ、他人の目を持つ以外にないってことは、何となくわかるわ」

「でしょう？　だから、鏡が真実を映す、と思っていたとしたら、それは大間違いなのよ」

「大間違い？　どういうことか、よくわからないけど」

把手を握った手が急に冷たくなった気がして、喜美代は「とにかくもらっておくわ。ありがとう」と言って、その手鏡をバッグにしまったのだったが。あれ以来、袋ごとバッグに入れたままになっていた。

喜美代は、手鏡を持ち出してきた。凝《こ》った木彫りの装飾部分を除けば、鏡そのものは普通に顔が映るごく普通の鏡だ。それをテーブルに置いて、電話機へと目を向けた。

秀子は、一緒にいたという男に殺されたのだ。彼女の命を奪った人間——彼女の夢を断ち切った人間を捕まえるのが先決である。

結局、迷った末、上田の高見行雄の家へ電話をすることに決めた。通じなかったら、直接、警察署へ出向く覚悟もしていた。殺された秀子の友達として、情報を伝える義務がある。

しかし、受話器を握ったものの、テーブルの上に置かれた手鏡を見た喜美代の指から力が抜けた。

天井を向いた鏡面に、自分の顔が映っている。何か変だ、と喜美代は思った。そこに映っているのは自分だが、どこか自分でないような違和感にとらわれた。

こわごわと手を伸ばし、握りやすいようにほどよくくびれた把手をつかんだ。鏡を顔に近づける。

ギョッとした。喜美代は、髪の毛の分け目を中心よりやや左寄りにしている。鏡の中では、当然だが、分け目は鏡面の左側に映る。だが、いま鏡の中にいる自分の髪の毛の分け目は、右寄りだ。

鏡像が反転していない……ということだ。

——そんなバカな……。

この鏡に顔を映したのは、これがはじめてではない。秀子から手渡されたときも、ついさっきも、映し見た。が、そのときにどうだったか、はっきり憶えてはいないのだ。しかし、別段、違和感に似たものは覚えなかったように思う。もっとも、どちらも顔を映した時間は、ごく短かったが……。

喜美代は、右手で右の耳にかかった髪に触れてみた。

鏡の中の女は、左側に映ったほうの手で左側に映ったほうの耳にかかった髪に触れた。彼女――鏡像の視点から見れば、それは右手と右耳になる。右手の対角線上にある手が動くということだ。

――反転しない鏡？

喜美代は、凍りついた。そんな鏡がこの世に存在するはずがない。自分は、何か幻覚を見ているのではないか、と思った。

――まさか、これが……？

喜美代は、ハッとして、手鏡をためつすがめつした。どれほど見ても、映り方は変わらない。鏡像は反転しない。

秀子との会話を反芻《はんすう》してみる。

「本当に、一人で決めたことなの？」

「そうねえ、相談相手はいたけど」

「本当の夢ってのがよみがえったのはなぜ？」

「じっくり、自分自身と向き合ってみたせいかしら」

「最終的には自分の決断でも、誰かに相談してみたんでしょう？」

「だから、自分自身」

「わたしが信用できないの？　だったら、友達として情けないわ」

「本当に、自分自身なのよ。相談相手がいるとしたら、ね。でも、こんなこと言っても、信じてもらえそうにないからいいわ」

――この鏡が秀子の相談相手だったなんてことが……。

あるはずないよね、と笑おうとして、喜美代の顔はこわばった。

――自分自身と向き合う？

――相談相手がいるとしたら、自分自身？

考えれば考えるほど、鏡そのものを相談相手にしたとしか思えなくなってくる。

秀子は確かにこう言った。「わたしにはもう必要ないから」と。あれは、〈わたしはもう決心がついたの。これ以上、この特殊な鏡を相談相手にする必要はないの〉という意味ではなかったのか。〈今度は、喜美代、あなたが自分の心としっかり向き合ってみて〉とのメッセージをこめて。

実物と鏡像のあいだに鏡が存在しない状態。それは、まったく同じ顔をした二人の女が、向かい合って見つめ合っている光景に等しい。

喜美代は、息苦しくなって思わず手鏡を伏せた。背面に手彫りの繊細な模様が施されている。いままでは、どちらかと言うと唐草模様に近く見えていた模様が、いまは絡《から》まり合った夥《おびただ》しい数の蛇に見える。

この鏡の持つ何か――魔力といったものが秀子を狂わせた。もはや、そうとしか考えられなかった。

第二章　魔鏡

1

　秀子を殺害した男は、事件の二日後に警察署に自首して来た。

　山際誠司《やまぎわせいじ》、三十三歳、現在失業中で、劇団員時代にホストクラブに勤めていた経歴の持ち主だった。暴行の前科があることと、前日の夜のニュースで「ホテルの近くのコンビニの防犯カメラに、被害者と連れの男らしい男女が映っていた」と報道されたことで、逃げきれないと思い、自首して来たようだ。山際は、「被害者と知り合ったのは、事件のほんの直前」と話しているという。

　秀子の葬儀のときには、容疑者逮捕の知らせが届いていた。上田市内の斎場で執《と》り行なわれた葬儀に、喜美代は参列した。秀子には、高校一年生の息子、中学二年生の娘、小学校三年生の息子がいた。いちばん下の子供は泣きじゃくっていたが、上の二人は泣きはらした目をしながらも、その場では必死に涙をこらえていた。行きずりの男に殺された母親をどう思っているのだろう。理不尽な悲しみに耐える彼らの姿に、喜美代は涙を誘われた。八十歳近い行雄の母親は、体調を崩して入院してしまったという。

高見行雄とはじめてゆっくり話せたのは、葬儀が終わったあとだった。斎場の奥の控え室に、行雄は喜美代を呼んだ。

「秀子と会ったこと、黙っていて申し訳ありませんでした」

まずは、喜美代のほうから謝罪した。

「いいんですよ。どうせ、口止めされていたんでしょう」

行雄の口調に責めるような響きはなく、静かな悲しみと無念さ、諦《あきら》めの感情がこめられていた。

「でも、わたしがもっと強く引き止めていれば……」

「無駄だったでしょう」

行雄は、口元に弱々しい笑みを浮かべて、かぶりを振った。秀子が「結婚する人よ」と行雄の写真を見せてくれたとき、筋骨隆々とした体格に驚いたものだった。秀子は、笑って言った。「菓子職人ってね、腕力がないとおいしいお菓子が作れないのよ」。行雄で四代目だという『龍田《りゅうだ》屋』自慢の菓子は、甘酸《あまず》っぱいあんずのゼリーとまろやかな甘さの栗ようかんである。柔道やアメリカンフットボールの選手と言っても通じるような体格のよい行雄だが、身体がひと回り小さくなったように喜美代には見えた。

「あいつは、けっこう頑固《がんこ》なところがありました。こうと決めたら、どんな横やりが入ろうとやり抜く。そういう女でした」

行雄の言葉に、ああ、と喜美代は思い出した。信州の老舗菓子店の長男と結婚したい、と娘から聞かされた秀子の両親は、「あなたみたいな都会育ちの子に務《つと》まるはずがない」と猛反対した。だが、秀子は周囲のどんな反対にも屈しなかった。結婚披露宴は、秀子の親族が欠席した中で行なわれた。強固に反対した両親も、秀子に第一子が生まれたとき、態度を軟化させた。が、秀子の両親は、〈娘が舅《しゅうと》も姑もいる嫁ぎ先とうまくやっていくには、嫁の実家があまり口を出さないほうがいい〉という姿勢を貫くことに決めたようだ。秀子は、実家と和解してからも、あまり平塚には戻らなかった。母親が亡くなってからは、よけい疎遠になっていたようだ。

「わたし、秀子がどこに泊まる予定でいたのか、まったく知らなかったんです。ただ、ダンサーになりたいという決心を伝えられただけで。とっくにご主人には連絡したもの、と思っていました」

言い訳に聞こえるかもしれない、と思いながら、喜美代は言った。

「すべて一人で決めたんでしょう。だから、親友のあなたにも教えなかった」

「本当に、一人で決めたことなんでしょうか」

「男がいたんじゃないか、ってことですか？」

遠慮がちな喜美代の問いかけを、行雄はストレートな表現に言い換えた。

「まだニュースにはなっていませんが、山際という男がどう供述しているのかは、警察から聞きました。秀子とは、何とかいうダンス教室の前で知り合ったそうですよ」

「桑原《くわはら》ダンススクールですか？」

記憶にあった名前を喜美代が言うと、「ああ、そうでした」と行雄はうなずいた。「ビルの前でたたずんでいた秀子に声をかけたんだそうです」

状況がよく呑《の》み込めずに黙っていると、行雄は軽いため息をついた。

「警察も、いや、この場合、新聞社も、と言うべきでしょうね、案外、気を遣《つか》ってくれるものなんですね。被害者の不名誉になるような内容は、いまのところ発表するのを控えてくれているようです。男の供述によれば、秀子は男の誘いに簡単に乗ったんだそうです」

にわかには信じられず、喜美代はかぶりを振ることで反応した。

「秀子は、ほとんど金を持たずに家を出たんですよ」

「それじゃ……」

売春目的ということか。

「そういう目的で男の誘いに乗った、ってことですね」

行雄は、静かに喜美代の推理を肯定した。

「でも、『わたしだって、へそくりくらい貯めてた』って……」

あれは、うそだったのか。

「甘く見すぎていました。まとまった金を持って出なかったので、気が済んだらすぐにでも帰るつもりだろう。そう思っていたんです」

「気が済んだら？」

「秀子が家を出る何日か前に、小さな諍《いさか》いがあったんですよ。少し前から、店の仕事に身が入っていないようすなのには気がついていました。大きな注文を二度も間違えたことで、きつく叱ったんです。ちょっと叱りすぎたのでは、と心配してましたが、それからも秀子は変わりなく笑顔で店に出ていました。ところが、あの夜、突然、『昔なりたかったダンサーになりたいの。二、三日、わたしに考える時間をちょうだい』と切り出されて……。ぼくへの不満もあったのだ、と思いました。いや、ぼくに対してだけじゃない、家そのものに対しての日頃の不満が一時的に噴出したんだ、と。秀子の性格から考えて、言い出した以上、引っ込みがつかなくなって家を出た。しかし、実家とも疎遠になっている。昔の友達のところにでも泊まらせてもらって気分転換をはかり、それでストレス解消になれば、ケロリとして帰って来るだろう。そんなふうに、たかをくっていたんですよ。秀子の友達と言って思い出すのは、外山さんくらいだったんです」

それで、行雄は、秀子がいなくなってすぐに喜美代のところに電話をしてきたのだろう。

「会合で出かけていたときに、あいつの姿が見えなくなったんです。短い書き置きがありました。いなくなる前の事情が事情だったんで、ひと晩待ってみる気になったんですよ。すぐに警察に捜索願いを出すほどのことにも思えなくて」

そう言って、行雄は残念そうに唇を噛《か》み締めた。

「じゃあ、ダンサーになりたい、という秀子の決意も深刻には受け止めていなかったんですか?」

「唐突に言い出したんで、家をあける口実だろう、くらいに思っていました」

行雄は、肩を落とした。

「中学、高校時代の秀子は、将来、ダンサーになりたいという夢を持っていたみたいでした。でも、大人になってからはそんなこと、ひとことも言わなかったんです」

秀子のあの真摯な表情をまっすぐ伝えるべきかどうか、喜美代は迷った。

「秀子は、一体、どこまで本気だったんでしょう」

すると、行雄がすがるような視線を向けてきた。

「うちの家庭はごく普通だ、と思ってきたんですがね。そりゃ、秀子にも不満はあったでしょうけど、楽しいことだっていっぱいあったし、子供たちの成長も心から喜んでいました。何より、秀子はほがらかな女だった。身体をゆさゆさ揺すって笑ってね、店に来るお客さんにも、『奥さんの顔を見ていると、何だか幸せな気分になれるよ。ようかんの甘みが増す気がする』なんて冗談言われてましたよ。そんな家内がいきなり『ダンサーになりたい』なんて言い出したところで、どこの誰が本気にするって言うんですか? 家に入ってからの秀子は、一度も踊りに行ったことさえないんですよ。あの体格ですしね。身体を動かすなんて億劫《おっくう》でイヤ、お店を切り盛りしているだけで充分、そう言ってたんですよ」

「そうですね」

秀子の心の謎にこれ以上、立ち入らないほうがいい、と喜美代は考えた。秀子の心を惑《まど》わしたのは一枚の鏡です、などと言っても、信じてもらえるはずがないのだ。

「秀子に会ったとき、古い手鏡をいただいたんです」

それでも、あの手鏡についてくわしい情報は仕入れておきたかった。

「蔵の中でほこりまみれになっていた、と聞きました。わたしがいただいてよかったんでしょうか」

「あの木彫りの手鏡ですか」

行雄は、妻が愛用していた品を思い出すことで妻を懐かしむようにわずかに目を細めた。

「半年ほど前だったか、蔵の整理をしたときに秀子が見つけたんですよ。再来年あたり、家を改築する話が持ち上がってましてね、手始めに蔵を取り壊すことにしたんです」

「お母さまが使われていたものだったのでは？」

「いや、母は『知らない』と言っていました。蔵からは、それこそ、享保《きょうほう》びなだとか伊万里《いまり》焼の大皿や壺、掛け軸など、価値のありそうなものがごろごろ出てきましたからね。あれはガラクタの類《たぐい》でした。こまごましたものとまとめて骨董《こっとう》屋に売りに出そうとしていたのを、秀子が『自分が使いたい』と興味を示して持って行ったんですよ。確かに彫りは丁寧できれいですしね」

「こちらの工芸品なんですか？」

「いや、何々彫りというような伝統ある工芸品ではありません。硬いクルミの木を使ってありましたね。そこに鏡をはめこんでありました。腕はいいが名もない誰かが彫ったものでしょう。うちの先祖が誰かにもらったものか、蔵に紛れ込んだものか……」

「いま、こちらに持って来てはいないんですが、わたしが持ったままでいていいんでしょうか」

「秀子があなたにあげたものでしょう？　どうぞお持ちになっていてください。秀子の形見だと思って……」

行雄は言った。最後のほうは、涙で声が詰まった。

「では、そうさせていただきます」

と答えた喜美代だったが、実際は、手鏡は肌身離さず持ち歩いていた。恐ろしくて、家になど置いたままにしておけなかったのだ。

あの手鏡にどんな魔力が秘められているのかはわからない。だが、秀子が、「鏡が真実を映す、と思っていたとしたら、それは大間違いなのよ」と言ったのは、はっきり憶えている。あれは、「いままでの鏡は真実を映さなかった。だけど、この鏡は違う」という意味だったのではないか。秀子が昔の夢に目覚めてしまったのは、この鏡のせいではないのか。

――ひょっとしたら、この鏡は、〈潜在意識に眠っている欲望を引き出す〉といった種類の力を秘めているのでは？　そうであれば、ちっぽけな手鏡一枚が家庭の崩壊につながりかねない。自分の顔を映し見ているうちに、それまで眠っていた欲望や願望まで映し出されたのではたまらない。

――夫や息子が自分の顔をのぞき見ては、大変なことになる。

いつどんなきっかけで、鏡を見つけてしまうかわからない。そこで、手鏡は、布製の黒い巾《きん》着《ちゃく》に入れて、コンパクトや口紅を詰めた化粧ポーチの中に〈封印〉している。

――この鏡は、映したものを反転させない。

そう気づいた瞬間から、喜美代は鏡をのぞきこむのをやめた。かといって、捨てるまでの勇気はないのだった。あれは目の錯覚であって、もう一度見れば、〈正常な鏡の機能〉を示すのではないか、という疑いも消えていなかった。

――わたしは秀子とは違う。わたしは大丈夫。

という自信もあった。

確かに喜美代は、中学校の卒業文集に「将来の夢は、アナウンサーになること」と書いた。その夢は実現せずに終わった。しかし、アナウンサーになれなかったことで悶々《もんもん》とした毎日を送っているかと言えば、そんなことはない、と胸を張って言える。自分の可能性を追求せずに、ただ漫然と日々を過ごしているわけでは決してないのだ。喜美代は、明瞭な発音と声の伸びのよさを生かして、図書館で子供の本の朗読をするボランティアと、目の不自由な人へ貸し出す録音図書の朗読の仕事を続けている。後者のほうは、市の広報紙で朗読係を募集していたのに応募して、採用されたのだった。住民からリクエストの出された一冊の本を音読し、テープに吹き込む仕事である。絵本の読み聞かせとは違って、少ないながらも報酬が出る。

自分は家庭生活を円満に営《いとな》みながら、わずかながらも社会に貢献している。そういう満足感と達成感とに支えられていた。それが、〈わたしにかぎっては大丈夫。鏡はわたしの中のどんな欲望も引き出しはしない〉という自信と確信につながっていたのかもしれない。

2

行雄は「新聞社も案外、気を遣ってくれるものなんですね」と言ったが、週刊誌は「気を遣う」という言葉とは無縁だったようだ。

風光明媚《めいび》な城下町、上田の老舗菓子店で平和に暮らしていた三人の子持ちの主婦が、ある日突然、都会の片隅で行きずりの年下の男に惨殺された。そんな事件に、マスコミが飛びつかないはずがなかった。

山際についた弁護士が、情状酌量《しやくりよう》を勝ち取る作戦に出たのか、「容疑者に殺意はなかった。発作的な犯行だった」と強調するあまり、山際の供述内容をマスコミにべらべらとしゃべったのだ。週刊誌は憶測も交《まじ》えて、四十一歳の主婦、高見秀子の〈驚愕《きようがく》の素顔〉とやらを好き勝手に書きたてた。いつのまにか秀子は、自由奔放な女にされていた。秀子の写真を載せて、こう書いた週刊誌もあった。「自分の店の栗ようかんを食べすぎてでっぷり太った女が、なぜ『ダンサーになりたい』などとおよそ四十女が口にするセリフとは思えない少女っぽい目的で上京したのか」

山際の供述によれば、二人が出会ったのは、目黒《めぐろ》にある桑原ダンススクールの前だった。ダンスとは縁のなさそうな肥満体の女が建物から締め出され、呆然《ぼうぜん》としていたところへ声をかけたのが、山際だったというわけだ。桑原ダンススクールには、以前、山際も通っていたことがあった。何かいい情報はないか、とその日、久しぶりに顔を出したという。

「どうしたんですか？」

山際は、彼の表現を借りれば、〈クマの着ぐるみ姿と見間違えるような、茶色いコートをぶくぶくと着込んだ女〉に声をかけた。

「電話では受け入れます、と言ったのに、来てみたら、紹介状のない人はだめだ、って」

「レッスンを断られたんですか？」

「そうなの」

「あの、ここはダンススクールと言っても、桑原まさるがやっているところですよ。どこか別のところと間違えたのでは？」

山際は、てっきり、カルチャースクールに通うノリで来た女では、と思った。

「いいえ、ここです。わたし、『劇団ソレイユ』のオーディションを受けるつもりで、そのレッスンを受けたくて……」

『劇団ソレイユ』についての情報を仕入れるのも、山際がここを訪れた目的の一つにあった。

「失礼ですが、ダンサーになりたいんですか？」

「はい」

「あなたには、もっといい活躍の場がありますよ」

「えっ、どこに？」

〈クマの着ぐるみ〉は、目を輝かせた。

そのとき山際の脳裏に浮かんだのは、ホステスに太った女性ばかりをそろえた六本木《ろっぽんぎ》のクラブだったという。暗い店内には舞台もあって、おもしろおかしく振りつけた踊りも見せる。

山際がなぜそういうクラブにくわしかったかと言えば、彼自身、太った女に性的に興味があったためだった。しかも、母性を感じさせる年上の女に。山際が喫茶店に誘うと、秀子は簡単についてきた。秀子はそこで、自分がなぜ家を飛び出して来たか、どういう夢を叶えたいのか、熱っぽく語った。

「一から始めたかったし、家族にはこれ以上、迷惑をかけたくなかったので、ほとんどお金は持ち出さなかったの。だから、なるべく早く仕事を見つけないと。それから、どうしてもう一度、桑原先生の門を叩きたいわ」

山際には、彼女が語る夢が実現不可能としか思えなかったが、彼女の肉体そのものには興味があった。そこで、「仕事を紹介してあげましょう。住む場所も心あたりはありますよ。それまでホテルに泊まっていればどうです」と言って、とりあえず使ったことのあるホテルへ連れて行った。

ホテルへ行くのを秀子が承知した時点で、山際は、〈関係を持ったらいくらか払う心づもりでいた〉と言うが、秀子が売春と自覚して山際の誘いに応じたかどうかは、彼女が死んでしまったいま、確かめることはできない。

しかし、そこで、「デブ専のクラブで働いてみないか?」と切り出した山際に対し、秀子は火がついたように怒ったという。

「バカにしないでよ」

「あんたこそ、自惚《うぬぼ》れもいいところなんだよ」

「わたしはね、高校のころ、新体操で将来を嘱望《しょくぼう》されてたのよ」

「昔の話だろ。いまは平均台に乗った途端、台がポキッと折れちまうよ」

「何てこと言うのよ」

「鏡で自分の姿、見てみろよ。このデブ!」

「あんたの鏡が曇ってるのよ!」

そんなやり取りを交《か》わしているうちに激昂《げっこう》した秀子が、近くにあったクリスタルの灰皿を山際に投げつけた。かろうじてかわしたものの、それは山際の額をかすめた。

「危ないじゃないか」

頭に血が上った山際は、秀子に飛びかかって首を絞めた。いくら二の腕に脂肪をたっぷりつけていようと、男の腕力には到底かなわない。山際が我に返ったとき、腕の中で秀子はぐったりしていたという。

週刊誌では、桑原まさるもインタビューに応じていた。

「電話で問い合わせがあれば、担当者が『おいでください』くらいは言うかもしれない。有能だと思えば、面接くらいはする。しかし、一目見ただけでダンサーには向かない、とこちらが判断する人だっていますよ。あの女性は、言いにくいんですが、そういうタイプの女性でしてね。何か勘違いされてたんじゃないですか？」

秀子という人間がどんどん汚《けが》されていく気がして、喜美代は胸を締めつけられた。それでも、我慢して秀子の記事が載っている週刊誌にすべて目を通したのは、あの手鏡について彼女が何か語っているかもしれない、と考えたからだった。

しかし、秀子が「鏡」という言葉を口にしたのは、山際とやり合ったときだけだった。

——あんたの鏡が曇ってるのよ。

という表現だ。けれども、雑誌の記事である。記者が創作して書いた部分が混じっていないとは言いきれない。弁護士を通して山際本人に会い、直接彼に確認してみようとも考えたが、被害者の友達にすぎない立場の人間がそこまでするのも変だ。

――秀子の目には、自分自身がどんなふうにあの鏡に映っていたのか。

喜美代は、そこが知りたかった。秀子が幻覚を起こしていたのかどうか……。実際には太っているのに、あの鏡を通すと別人のようにスマートな姿に見えたのか。現実ではなく理想を映す鏡だったのか。それとも、あの鏡には、もっと違う何か、たとえば未来の自分の姿、といったものが映っていたのかどうか。

結局、手鏡が秀子に及ぼした明確な影響はつかめずに終わった。

鏡像が反転しない鏡。

本物の自分自身と向き合える鏡。

秀子は、自分がひょんなことから手に入れたその手鏡の魔力に魅《み》せられ、相談相手にしているうちに、もともと潜在的に持っていた願望を引き出されただけかもしれない。そうした現象は、あの鏡を手にした誰の身にも平等に起こると決まったわけではないのだ。

――こんな鏡を持っているのは、世の中でおそらく、わたし一人きりだろう。

そう自覚したら、鏡を見たいという願望を抑えきれなくなった。怖いもの見たさ、珍しいもの見たさ、といった気持ちに通じているのかもしれない。少しだけならいいだろう。秀子のように相談相手にするほど鏡に頼らなければ……。

喜美代は、それから日に何度か黒い布袋から手鏡を取り出し、顔を映し見るようになった。

一週間、二週間……。何事も起こらない。何度見ても、鏡の中には反転しない自分の姿が映し出されるが、〈普通でない自分の鏡像〉と向き合っていても、アナウンサーになりたいという昔の夢にふたたび目覚めたりはしない。少なくとも、昔の夢を叶えるために家を飛び出したい、などという衝動に突き動かされることはなかった。

ひと月が過ぎた。

喜美代にとってその手鏡は、ふだんは〈魔力〉を意識することのない、単なる宝物にすぎなくなっていた。誰にも見せることはできない。いや、見せてはならない。自分一人きりで楽しむもの。とてつもなく価値ある鏡。たまらなく恐ろしいと同時に、たまらなく魅力的でもある鏡。自分だけの秘密が持てたようで快感でもあった。近所に買い物に出かけるときでも、寝るときでも、肌身離さず喜美代は鏡を持ち歩いた。

3

暮れも押し詰まってきた。

毎年、正月には会津若松《あいづわかまつ》の克典の実家に顔を出すことにしている。克典は次男で、長男は地元の役場に勤めている。長男一家が両親と同じ敷地内の別の棟に住んでいる形だ。車で行って一泊か二泊するだけなのだが、それだけでも喜美代は義父母に気を遣い、兄嫁に気を遣い……で、ぐったり疲れて帰って来るのだった。

　手みやげに義父の好きな佃煮《つくだに》の詰め合わせと、お茶を習っている義母のために和菓子を持って行くのも、恒例になっている。どちらも浅草《あさくさ》まで行って買うことにしていた。

　クリスマスイブと日曜日が重なった。

「俺、友達と新宿で会うから」

　十時前に彰がのそのそと起きて来て、居間にいた喜美代に言った。

「吉岡《よしおか》君？」

　息子といちばん親しい友達だ。

「別に誰でもいいじゃん。夕飯までには帰るから」

　彰は、ふて腐れたように答えた。その言い方で、喜美代はピンときた。ガールフレンドとデートなのだろう。クリスマスイブだし、どこかで何かをプレゼントする気かもしれない。夕飯までには帰ると言うあたり、まだまだ子供の部分を残しているのだ、と思って何だかホッとした。

「それじゃ、一緒に出ましょうか」

　テレビをぼんやり見ていた夫に、喜美代は心もち弾《はず》ませた声をかけた。「浅草で買い物もしたいし、帰りにケーキも買いたいし。ほら、会津若松へのおみやげ、そろそろ買っておいたほうがいいんじゃない？」

「そうだな」

実家のこととなると、夫は重い腰を上げる。「久しぶりに浅草まで出かけるか」

「じゃあ、したくするわ。浅草で、遅めのお昼を食べてもいいわね」

着替えのために二階へ駆け上がりながら、喜美代は〈本当に久しぶりだわ〉と思った。三人で電車に乗るのは、どれくらいぶりだろう。もっとも、三人一緒と言っても、彰は新宿に用事があるから、途中までのことだ。とはいえ、家族が連れ立って外出するのに変わりはない。

──小さいころは、よく動物園や遊園地に出かけたものなのに。

子供が一人きりなので、よけい、家族団欒《だんらん》の楽しい日々があっという間に過ぎ去った気がするのだろう。けれども、今日をきっかけに家族そろって出かける習慣が復活するかもしれない。喜美代は、いそいそとしたくを整えた。

最寄りの駅まで徒歩十三分。そのあいだ、喜美代はほとんど一人でしゃべっていた。

「ほんと、いいお天気よね。風がなくてよかったわ」

「彰、手袋、そろそろ新しいの、買ってあげようか？……えっ？　ああ、そうよね、手袋くらい自分で買えるわよね」

「あら、こんなところにまた家が建つのね。ついこのあいだまで、駐車場だったのに」

「ここの生け垣、よく手入れされてるわね。うちも来年は、生け垣に豆電球を飾ろうかしら。……えっ？　そんなの、子供っぽい？　そうよねえ」

「ねえ、会津若松には何がいいかしら。お茶用のお菓子を選ぶのって、けっこう大変なのよ。日持ちがしたほうがいいから干《ひ》菓子になるし。……去年と同じのでいい？　そう？　でも、毎年同じってのも芸がなくないかしら」

夫も息子も自分からは話題を提供せずに、相槌《あいづち》を打ったり、うっとうしそうに短い言葉を返したりするだけだったが、それでも喜美代は満足だった。親子が並んで歩けるだけで、ささやかな幸せを実感できた。

ホームが二つあるだけの小さな駅だ。定期券を持っている父と息子は、さっさと自動改札を通って行く。券売機で急いで切符を買った喜美代が自動改札を抜けようとしたとき、「あっ、あれに乗れるよ！」と彰が叫んだ。上りの電車がホームに滑《すべ》り込んでくる音が喜美代の耳にも入った。心臓が脈打った。

「ちょ、ちょっと待ってよ。次のに乗りましょうよ」

ＪＲの時刻表をあらかじめ確認している。三人が乗る予定の電車は、もう一つあとの電車のはずだ。

喜美代はあわてて二人のあとを追ったが、ヒールが高めのパンプスを履《は》いているので走れない。息子ばかりか夫までも、階段をダダダッと駆け降りて行く。

発車ベルの音が鳴り響く。男二人が電車に飛び乗ったと同時に、扉が閉まった。喜美代は、乗り遅れた。いや……ホームに置き去りにされたのだ。

電車が滑り出した。ガラス扉にてのひらを押し当てた彰の、ぽかんと口を開けた顔が遠ざかっていく。隣に立っているはずの克典の顔は、乗客に邪魔されて見えない。バーバリーのコートの袖口のあたりが見えるだけだ。

喜美代は、呆然と立ち尽くした。背筋が徐々にうすら寒くなっていく。

――わたしは、夫にも息子にも置き去りにされたのだ。見捨てられたのだ。

途方《とほう》もない寂寥《せきりょう》感が胸に満ちた。

息子に見捨てられたのは仕方ない。息子だからだ。いつか母親のもとを離れて、独《ひと》り立ちする運命だ。しかし、夫にも見捨てられたなんて……。十七年も連れ添って空気のように意識しない存在になったとはいえ、かつては激しく愛し合った二人なのだ。共に助け合い、共に歩もう、と誓い合った仲である。

――何て間抜けな光景なの？

情けなくて、涙が出た。

――ほんの一秒、たった一秒でいいから、振り返ってくれていたら……。わたしは置き去りにされることはなかったのに。

その程度の思いやりさえ夫に持ってもらえなかった自分とは、一体、何なのだろう。一秒も見つめる価値さえない女、ということだろうか。

しばらくして次の電車が来たが、喜美代は乗り込まなかった。かわりに、ホームのベンチに座った。次の電車も見送った。腕時計を見ると、夫と息子が自分を〈積み残して〉去ってから、三十分がたっていた。

おもむろに立ち上がり、膝に力の入らない状態で階段を上がった。

改札口を出ると、公衆電話のところへ行く。彰の携帯電話の番号を押す。

「あっ、お母さん？　いまどこ？」

「駅よ」

「どこの？　俺、もう新宿だけど。すぐにかかってくると思ってたのにさ」

「パパは？」

彰が父親のことを「パパ」から「お父さん」と呼び方を変えてからも、喜美代は「パパ」と呼んでいた。

「先に浅草へ行ってる、ってさ。待ち合わせは雷門《かみなりもん》の前だって」

「パパ、何か言ってた？」

「お母さんがもたもたしてるからだ、って」

「でも、乗ろうとしたのは一つあとのだったでしょう？」

「だけどさ、そこは臨機応変に。俺、少しでも早く新宿、行きたかったしさ」

——あなたはいいのよ。

心の中で語りかけたら、ふたたびまぶたの裏が熱くなった。

「わかった? じゃあ、急いで行ってよね」

まだ最初の駅から一歩も動いていないのよ、とはとうとう息子には言えなかった。

これから浅草へ行く気力は、とうに失《う》せていた。

喜美代は、ひどい脱力感に包まれながら家に帰った。

*

「ごめんなさい。立ちくらみが起きて、具合が悪くなったの。悪いとは思ったけど、帰って来ちゃったのよ。暮れになって体調を崩すと大変でしょう?」

紙袋を手に帰宅した夫に、玄関で喜美代は早口になって言った。

「あのまま家に帰ったってわけか?」

予想したとおり、克典は機嫌が悪かった。佃煮の詰め合わせと菓子折の入った袋を喜美代に押しつけると、「ああ、人混みで疲れた。少し休ませてくれ」と二階へ上がって行った。佃煮も和菓子も去年とまったく同じものだった。もちろん、ケーキなどは買って来ていない。

「彰の携帯に電話した?」

階段の下から遠慮がちに声をかけた。

「するわけないだろう。番号なんて知らん」

「わたしは電話したの。パパが雷門の前で待っている、そう聞いて気にしてたんだけど」

だが、彰に「気分が悪くなったので家に帰る」と伝えたわけではない。

「二十分待ってみたけどさ、来ないんでさっさと買い物、済ませちゃったよ」

「ありがとう、助かったわ。……うちに電話した？」

しなかったのはわかっている。喜美代は、ずっと家にいたのだから。

「するわけないだろう。誰でも、ああいう場合、次の電車に乗ったと思うもんだよ」

「ケーキ買って来るわね」

「ケーキなんかもういいんじゃないか？　彰だってどこかで食べて来るだろう」

「でも……クリスマスイブなんだし。デコレーションじゃなくてもショートケーキくらいなら、パパだって食べられるでしょう？」

返事はなかった。寝室に入った克典は、そのままごろりとベッドに横になってしまったのだろう。

喜美代は居間に戻った。キッチンのカウンターの隅に、卓上用の小さなクリスマスツリーが置いてある。大きなクリスマスツリーを飾らなくなってどれくらいになるだろう。夫が単身赴任した年からだったか。だが、小さくても、飾りつけは毎年、喜美代が行なっていた。こまごましたオーナメントを吊《つる》す枝の位置は、毎年微妙に違う。

その小さなツリーを見ながら、喜美代は自分の視界がかすむのを感じた。夫の口からは、ついにひとことも「置いて行ってすまなかった」の類の言葉は出なかった。それどころか、次の電車で追いかけて来なかった妻を責める口調だった。師走《しわす》の寒空の下、雷門の前で二十分も待ったおめでたい自分に腹さえ立てているようすで。

「どうして置いて行くのよ」

「どうして待ってくれなかったの？」

「情けなくて、行く気がなくなったじゃないの」

すねた口調で、思いきり不満をぶつけることもできた。だが、そうすればするほど自分がみじめになる気がした。いや、いまさらもう遅い、と悟ってしまったのだ。

夫の気の短さには、結婚してすぐに気づいた。目的の店へ行き、行列ができているのを見るなり、「ここ、おいしいって評判よ。待ってみましょうよ」といくら引き止めても、「行列なんてごめんだ」ときびすを返してしまう。交差点で、前の車が青信号に変わっても気づかないでいようものなら、即座にクラクションを加減せずに鳴らす。クラクション殺人などという言葉もある。赤ん坊の彰を乗せていたりすると、喜美代は気が気ではない。「ちょっと待ってみてから軽く鳴らしたら？」と勧めても、克典は「親切でしてるんだ」と意に介さない。

歩調も早い。喜美代がお腹が大きいころは、歩調を合わせてくれたこともあったが、彰がよちよち歩きをしていたころでも、一人だけさっさと歩いて行って、五十メートル先ではじめて気がついて振り返ったりしたものだ。

しかし、駅のホームに置き去りにされたのは、今回がはじめてだった。

自分の中で何かが壊れた、と喜美代は思った。もうこれ以上、夫に気を遣うのはやめよう、と思った。妻の女友達が殺された事件が夫に与えた影響は、かなり大きかったようだ。事件のあと、喜美代は克典に「本当は、何か前兆があったんだろ?」「おまえにもっと何か相談していたんじゃないのか?」と、しつこく尋ねられた。「呼び出されて会ったけど、彼女が何を考えていたのか、わたしにもよくわからないの」と答えても、信用しないようすだった。〈家族をないがしろにして行きずりの男に殺される〉ような女と親友だった妻を、まるで責めている口調でさえあった。〈わたしは秀子の死とは無関係なの〉と証明しようとするあまり、喜美代は、それまで以上に、夫や息子の前で家庭的な女を演じてきた。殺された秀子に後ろめたさを抱きながらも。

だが……。演じる気力も、もはや失せていた。

＊

その夜、彰は夕飯に間に合うように帰宅した。

「えっ、お母さん、行かなかったの?」

事情を知って、彰は驚いたようだった。

「気分が悪くなった、なんて全然、言ってなかったじゃないか」

「立ちくらみがしただけじゃなくて、階段を駆け降りたとき、ちょっと足がギクッとなったのよ。大事をとって引き返したの」

「じゃあ、お父さん、一人で行って来たの？」

「ああ」

克典は、つけっぱなしのテレビに顔を向けたまま答えた。

「だから、一人一台、携帯持てばいいんだよ」

彰の結論は、若者らしく、合理的なところに落ち着いた。

「お父さんが携帯持ってれば、お母さんも連絡できたわけだしさ」

「そうすれば、まあ、二十分も待つことはなかったけどな」

克典は、二十分、という言葉を強調して言った。「でもな、そうあるケースじゃないだろう。携帯持って、どこにいても拘束されるよりはいいさ。それにお互い、子供じゃないからな。どんな非常事態にもそれなりに対処できるさ」

「お母さんが電車に乗り遅れるような非常事態にも、ってこと？」

「そうだな」

なぜか、いつもは滅多《めった》に笑い合わない父と息子が、珍しく大いに笑い合った。

――置いて行かれたんじゃなくて、わたしが乗り遅れたのね？

喜美代は小さなため息をついて、ケーキを用意するために台所へ入った。

4

掃除機をかけ終え、洗濯を済ませると、午前中のコーヒータイムが始まる。喜美代はダイニングテーブルにつき、手鏡を取り出した。コーヒーカップを右手に持って、鏡に映してみる。鏡の中の女も、カップを右手に持って喜美代を見ている。

「あなたは子供?」

喜美代は、鏡の中の自分とそっくりの女に語りかけた。

「もちろん、子供なんかじゃないよね」

答えるのも、鏡のこちら側にいる自分だ。

「だけど、子供じゃないから、じっくり見つめてやらなくてもいい、ってことにはならないわよね。大人だって、見つめてもらいたいときはあるわよね。そうでしょう?」

自分とそっくりの女は答えない。

「女ですもの、少しくらいは見つめてほしいわよね」

かわりに、喜美代が答えた。

そのとき、カウンターの脇の壁に取りつけられた電話が鳴った。

「はい、外山です」

「……あの……」

男の声だが、そのあとが続かない。いたずら電話だろうか、と喜美代は身構えた。彰の友達かもしれない。

「町田《まちだ》さん……のお宅じゃないですか？」

「いいえ、違います。外山です」

「あっ……間違えました。すみません」

男は言って、電話を切った。彰の年代よりもっと上、二十代前半の声だろう、と喜美代は推測した。好きな女の家へ電話したつもりが、番号を間違えでもしたのだろう。

コーヒーカップに手を伸ばしたとき、ふたたび電話が鳴った。

――さっきの男の人？

恋人の電話番号をしっかり憶えていない男がいるのかしら、と訝《いぶか》りながら受話器を取る。

「トヤマさん……ですね？」

さっきと同じ男の声だが、今度は喜美代の名字を言った。

「そうです」

「トヤマって、富山県の富山と書くんですか？」

「いいえ、外の山と書いて外山ですけど」

「ああ、外山さんですか」

「あの……さっき間違えてかけてきた方ですよね」

「そうです、すみません」

「うちは、町田じゃないですけど」

「わかってます」

「………」

「あなたの声がもう一度聞きたくなって。再ダイヤルのボタンを押してしまいました」

喜美代は、面食らった。どう反応していいかわからない。無意識に、視線をテーブルに向けた。テーブルに置かれた手鏡が、天井から吊り下がったペンダントライトを映し出している。

「切らないでください」

「………」

「あなたの声は、澄んでいて、とてもきれいですね。何かなさっているんですか？」

「何か……って」

「アナウンサーとか」

「まさか。フフフ」

喜美代は笑った。そして、自然に頬が緩《ゆる》んだ自分に驚いた。

「でも、すごく魅力的な声です。凛《りん》として、でも甘くて……」

「からかうのはやめて」

「本気でそう思ってます」

「あなた……お若いでしょう？　わたしをいくつだと思ってるの？」

「ちょっと上くらいですか？」

　というと、わたしはまだ二十代だ。喜美代は、口に手を当てて笑い、「ありがとう、そういうことにしておくわ」と言った。どうして、こんなに思いがけない事態を楽しめる心の余裕があるのか、自分でも不思議だった。

「お会いしませんか？」

　男は言った。

「えっ……」

　喜美代は、絶句した。これは、ナンパの一種なのだろうか。いたずら電話の域を越えている。

「『はい、それでは』なんて、すぐに応じる女がいると思うの？」

「だめですか？　それほどきれいな声の持ち主にぜひ、会ってみたい。そう思ってはいけませんか？」

「できないわ」

「そうですか」

　男は、心底、がっかりしたような声を出し、ため息をついた。

「会いはしないけど、見るだけならいいわ」

「えっ？」

「明日の午前十一時にS市の市立図書館に来れば、わたしに会えるけど」

「明日の十一時、S市の市立図書館ですね。図書館のどこですか？」

「さあ……捜してみれば？」

「……わかりました。捜します」

意外にも、男はしつこく追及しなかった。

電話を切って、喜美代は心臓が激しく高鳴っているのを知った。

明日の午前十一時から、市立図書館の二階で子供の絵本の朗読会——読み聞かせがある。

——さっきの男は来るだろうか。

男の名前を聞かなかったことに、喜美代はいま気づいた。図書館に来たとしても、喜美代を捜せるかどうかはわからない。男は、電話の相手が朗読係だとは思いもしないだろう。

喜美代は手鏡を取り上げ、自分の顔を映した。わずかに頰を上気させた女がいる。間違えて電話をかけてきた見知らぬ男を図書館に誘った女。そんな大胆さを自分が持ち合わせていたことに、喜美代は驚きと同時に、久しく忘れていたときめきを感じた。

第三章　視線

1

『お話の広場』と題した絵本の読み聞かせは、月二回、火曜日の午前十一時に開かれる。時間にして四十分だ。喜美代が所属しているボランティア組織、『子供と本と夢の会』の協力で実施している。十一月と今月は、喜美代の担当月にあたっていた。

クリスマスは過ぎてしまったが、子供たちのリクエストが多かったクリスマスにちなんだ絵本と、十二月ということで、雪にまつわる絵本の二冊を取り上げた。

開始時間の十分前になると、親子連れがぞろぞろと集まって来る。顔見知りの親子も多い。喜美代が絵本の読み聞かせを始めたのは、彰が中学校に入ってからだった。彰が絵本を「読んで、読んで」と、母親にせがまなくなって久しいころだ。何かしたくて身体がうずうずしていた時期に見つけた活動である。

二階の一角に、靴を脱いで上がるようになった赤いカーペット敷《じき》のスペース、チャイルド・フリールームがある。奥の二畳ほどのフローリングのところに椅子《いす》を置き、そこに座って喜美代は絵本を読む。発音は明瞭に、子供たちに不安を与えないようにリズムは崩さずに、感情をこめすぎずに、かと言って淡々としすぎずに、腹の底から声を出してやさしい気持ちで根気よく読む。子供たちの反応を知るために、ときどきはページから目を上げて、小さな聴衆とその母親たちの表情をちらりとうかがう。

——あの男は来るだろうか。

一冊目がまもなく読み終わる。五分五分の確率だろう、と喜美代は思っていた。喜美代の声は電話で聞くと実際の年齢より若く聞こえるかもしれないが、それでもあの男が本気で自分と同年代と受け取ったとは思えない。電話でお世辞を言っただけなのだ。実際は、三十代半《なか》ばかそれ以上の中年女性、と踏んだに違いない。中年女性をからかってみただけなのだ。そんな男の「行って捜します」という言葉を真《ま》に受けるほうがおかしい。大体、男が自分を見つけられるとはかぎらない。大の大人は、子連れで来ることがほとんどの絵本が置いてある二階へ足を向ける機会などないのだから。

いつもに比べて本から目を上げる回数が多い。二冊目の本に移った。

読み終えるまであと数ページになったとき、喜美代は、フリールームの戸口に立つ男を見つけた。前回、顔を上げたときにはいなかった人物だ。

二十代前半の、やせ型の青年だ。絵本の読み聞かせの場にいるには、場違いな人間。

——彼がそう？

心臓の鼓動が速まった。

珍しく、喜美代はつっかえた。今日、はじめてのトチリだ。もう最後まで顔は上げまい、と決めて、落ち着け、と自分の胸に言い聞かせながら読み進めた。頬がチクチクした。明らかに、子供でも大人の女性でもないある一人の視線が突き刺さっている。

——わたしは、見つめられている。

脳裏にその光景を思い浮かべると、背筋を指の先でなぞられるようなゾクゾクする感覚が生まれた。夫にさえ一秒も見つめてもらえない自分が、はじめて会った男、しかも年下の男に穴が開くほど見つめられている。

「——それから、あたり一面、雪に覆《おお》われた村は、動物たちと一緒に静かな眠りに入ったのでした」

最後の一文を読み終え、「はい、今日はおしまいです」とにこやかに言って、ようやく思いきって頭を起こした。

彼はまだいた。視線をまっすぐ喜美代に向け、ひそやかに見つめていた。

頬が火照《ほて》る。顔見知りの子供たちに声をかけて、フリールームを出た。男の脇を通ったが、顔を動かさないようにし、無視した。

図書館には自家用車で来ている。本を借りて帰ることもあるが、今日はすぐに帰ろうと思った。

建物の外に出たが、視線は今度は背中に突き刺さってくる。首筋から背筋が、カッと熱くなった。喜美代は、わざとゆっくり歩調を進めた。

――わたしは、一体、何を期待しているのだろう。

彼は、わたしの朗読の声を耳にして、電話の声の主だとわかったはずだ。想像以上に年上の女と知って、失望したのではないか。彼が二十二、三歳だとすると、年の差は、年の離れた姉弟以上に開く。期待に不安が入り交じる。

ドアの鍵穴にキーを差し込んで回したとき、「外山さんですね？」と背後から声がかかった。首筋と背筋にたまっていた熱が、一気に耳元に上昇した。

振り返ると、彼がいた。

喜美代を見下ろす形で、見つめている。

父親の身長を去年追い越した彰より背丈はあるだろう、と思って彼を見返した。百七十五センチくらいだろうか。アーモンド型のきれいな瞳だが、やや目尻が下がっている。

喜美代が答えるまで視線をそらさないつもりだろう。

「そうです」

視線がまぶしすぎて、喜美代は目をそらした。クリーム色の外壁をした建物から、さっき朗読を聞いていた親子が二組、出て来た。母親がそれぞれ、幼児の手を引いている。見られまいとして、喜美代はとっさにドアを開け、運転席に乗り込んだ。彼らが自転車に子供を乗せて行ってしまうと、運転席の窓を下ろした。

「がっかりしたでしょう？」

すぐに車を発進させてもいいのに、喜美代はそうしなかった。自分を見つめてくれる存在を、簡単に手放すのが惜《お》しくなったのかもしれない。もう少し会話を楽しんでいたかった。

青年は、何が？というふうにわずかに眉をひそめた。太い右の眉の中心に、丸く盛り上がったホクロが埋もれている。たった一つのホクロが整った顔立ちをほどよく間が抜けたものに見せている。

「電話の相手がわたしみたいな中年女性だったから。本当は、もっと若い子だと思っていたんでしょう？」

「あなたでよかったです」

「何、言ってるのよ。電話では、自分と同じかちょっと上くらい、なんて言ってたじゃないの」

「だから、あなたでよかったです」

「………」

「友達くらいの年の女性だったら、帰ろうと思っていたんです」

いま思いついて口にしたとは思えないきっぱりした言い方だった。

「どうして？」

彼は答えない。

「ちょうどそういう年の子にふられたばかりだったから？」

「…………」

「図星《ずぼし》でしょう？」

ちょっと意地悪をしてやりたい気持ちになって、喜美代は突っ込んだ。「その子、町田さんじゃないの？」

こうして出会うきっかけは、一本の間違い電話だった。彼は、町田宅と間違えて喜美代の家へ電話をしてきたのだ。親元に住んでいる女子学生か何かとつき合っていたのだろうか。

「ふられた彼女にもう一度、アタックしようとして電話したんじゃないの？」

「そんなんじゃ……ないです」

彼は、唇を尖《とが》らせぎみにして言った。縦《たて》じわの少ない、ピンク色をしたみずみずしい厚めの唇だ。

「じゃあ、町田さんって誰？」

彼の頰が赤くなった。

「やっぱり、失恋したんじゃないの？　間違えてかけたにせよ、通じたんで、気晴らしに電話に出た女をからかってみる気になったんでしょう？　で、いまはその延長ってわけね？」

たたみかけながら、自虐《じぎゃく》的な口調になっているのに気づき、喜美代は嫌悪感にとらわれた。

「本当に、そんなんじゃないですよ」

彼は、ムッとしたように言った。頬の赤みは軽い憤《いきどお》りのためらしい。

「はっきり言ったらどうなの？　電話では若い声だと思ったけど、会ってみたらオバサンで驚いた、って」

勢いで口をついて出た言葉だった。オバサン……という響きが、自分の耳にも冬の乾燥した空気のようにパサパサして聞こえた。激しい後悔と羞恥《しゅうち》が高い波となって喜美代を襲った。卑屈《ひくつ》になりすぎた。この青年は、息子の彰の年代とは違うのだ。彰の友達に「オバサンはね」と自分のことを呼んで、〈こんな言葉、使いたくないのに〉と思いながらも話しかけることはたびたびある。相手が小学生だったり、中学生だったりするからだ。だが、いま目の前にいるのは中学生ではない。子供扱いされたことに彼は傷ついたのではないか、と喜美代は恐れた。そして、喜美代もまた、自らをオバサン呼ばわりしたことにひどく傷つき、自己嫌悪にかられたのだった。

「本当に、そんなふうには、思っていません」

彼は、とどめを刺すように低い声で言った。彼がちゃかしたりせず、まじめに受け答えたことが、喜美代の羞恥心を増幅させた。

「乗ったら？」

すばやく言って、喜美代は助手席のほうを顎先《あごさき》で示した。自己嫌悪から逃れるには、彼を車に乗せてしまう以外にない気がした。できるだけさりげなく、自然にふるまうことだと思った。年の差など気にもしないふうに。

彼は助手席に回り込み、身体を折り曲げるようにして乗り込んだ。

車内の空気が張りつめたと同時に、華《はな》やいだ。

「どこ?」

「ああ……駅までいいです」

「どこに住んでるの?」

「東十条《ひがしじゅうじょう》」

「そう」

住んでいる場所を聞いたからと言って、そこまで送って行くつもりはなかった。往復で一時間以上はかかる距離だ。

「やっぱり、声を使う仕事をしていたんですね」

車が動き出すと、彼は言った。

「仕事じゃないわ。ボランティアよ」

「ボランティア?」

「子供たちに絵本を読み聞かせる会、ってのがあるの」

「そうなんですか」

「紙芝居や人形劇をする人たちの集まりもあるのよ」

「へーえ、そういうの、ボランティアなんですか。知らなかった」

「気づかないでしょうけど、地域社会ってけっこう女性のボランティアに支えられている部分があるのよ。ゴミ置き場の掃除とか、公園の落ち葉掃きとか、緑のオバサンとか」

また、オバサンと言ってしまった。が、そういう言葉があるのだから今度は仕方がない。

「緑のオバサン？」

「交通指導員よ。緑の腕章巻いて、黄色い横断用の旗を持って、登校する子供たちの安全を守る」

「ああ、そういうの、ありましたね」

彼の頭が上下に小刻《こきざ》みに動いた。

「信号が青になったら渡りましょう。昔はそういうふうに教えていたけど、いまは違うの。信号が青になってもすぐに渡ってはいけません。停《と》まらない車もあるからね、って教えるのよ。とくに、左折してくる車には気をつけて。口酸《くちす》っぱくそう諭《さと》してるわ」

子供が横断歩道を渡り終えるまできっちり停止して待ちましょう、と喜美代などは教習所で教わった憶えがあるが、子供が通過するのを徐行しながら待っている車が何と多いことか。

「子供の数が少なくなっているでしょう？　横断歩道を渡っていた子供が車に撥《は》ねられて死んだ、そんな新聞記事を見ると、胸が潰《つぶ》れる思いがするわ。ドライバーの不注意で、尊い命がまた一つ奪われた、ってね」

　立て続けに言って、喜美代はハッとした。懐かしさも手伝って、彰がまだ小学校に通っていたころの話を夢中でしてしまった。子供の話題を出したのは、自分の心にブレーキをかけようという心理が働いたためかもしれない。

——わたしには夫も子供もいるのよ。そういう年齢の女だって、一目見てわかるでしょう？

　隣にいる若者にそう自覚させたかったのかもしれない。

　だが、彼は「子供がいるんですか？」などとは聞いてこなかった。かわりに、「アナウンサーをしていたことはなかったんですか？」と聞いた。あくまでも、喜美代本人に興味がある、といったふうに。母親や妻としてではない、一人の女としての自分に興味を示されたように思って、喜美代は何だかどぎまぎした。

「試験を受けたことならあるけど」

　夫にも息子にも話していない事柄だ。

「就職試験……ですか？」

　彼の声に驚きや戸惑《とまど》いの表情が生まれた。

「そうよ。もう二十年も前の話だけど」

「テレビ局の試験ですか？」

「そう。ＮＨＫもＴＢＳも受けたわ。テレビ朝日はね、重役面接まで行って落ちたの。そのころは六本木のごみごみしたとこにあったっけ。いまは……」

「アークヒルズですね」

都会の情報にはくわしいのだろう。彼は、さっと答えた。

「あとでわかったんだけど、最後の八人の中に残っていたみたいなの。採用されたのは二人。四分の一の確率で破れたってわけ」

さらりと自慢してみたい気分にかられた。さっき自分を卑下《ひげ》した分を取り戻そうとしたのかもしれない。

「テレビを見てて、あそこに座っているのはもしかしたらわたしだったかもしれない、そんなふうに思うときもあるわ。もっとも、四十過ぎた女子アナがメインで活躍できる場なんてかぎられているけどね」

「あなたがテレビに出ていても、ちっともおかしくないですよ。ニュースキャスターなんかやったら、カッコいいだろうな。笑顔もすてきだし」

「ありがとう」

謙遜せずに、すんなり礼が言える。

「でもね、いまになってみれば、テレビ局に就職しなくてよかったのかもしれない、って思うの。派手な世界に染まると、ボランティアで何かをする、なんて気持ちを持つ人間には絶対にならなかったでしょうから」

これは負け惜《お》しみだ。たとえすぐにブラウン管から消えようと、一度でいいからカメラに向かってニュース原稿を読み上げてみたかったと思う。

「再挑戦はしなかったんですか？」

「再挑戦？」

「次の年に受けるとか、地方局を片っ端《ぱし》から受けるとか」

秀子と同じようなことを言う。喜美代はちょっと面食らったが、「就職浪人なんかできない時代だったのよ」と言って笑った。「それに、生まれたのが神奈川でしょう？　実家から遠く離れて一人暮らしするなんて考え、まったくなかったのね。それだけ幼かったのかも」

「チャンスって、ありそうでなかなかないものなんですね」

前を向いたまま、彼はひとりごとのように言った。声が少し曇ったように感じ、思わず喜美代は「どうしたの？」と聞いた。

「ああ、いえ……」

彼はしばらく躊躇していたが、「ぼくも本命に落ちたんです」と言った。

「……就職試験？」

喜美代は、ハッと胸をつかれた。彼が将来の人生設計を立てる年頃であっても不思議ではない。

「そうです」

「じゃあ、四年生？」

「いえ、大学院の二年目です」

「というと、修士課程の、ってことね」

「はい」

「専攻は？」

「化学です、化け学のほうの。もっと細かく言えば、生物化学ですけど」

生物化学、と聞いても、喜美代の脳裏に具体的なイメージは浮かばなかった。ぼんやり浮かんだのは、昔、実験で使ったことのある試験管やビーカーやフラスコ、医者が着るような白衣だった。

「本命ってのは、どこの会社？」

「大手製薬会社に所属する研究所なんですけど、教授の推薦が受けられなくて。推薦枠の二つに入れなかったんですよ」

「何人が希望したの？」

「四人です」

「四人のうち二人、ね」

「確率的には二分の一」

「運が悪かったのよ。ほかにもあてがあるんでしょう？」

スムーズに続いていた会話がとぎれた。悪いことを聞いてしまったのかもしれない、と喜美代は思った。そこで、「上に進む気はないの？」と質問を変えてみた。

「博士課程に進むってことは、大学に残るってことです。すごく優秀なやつじゃないとまず残れません」

　自分はそれほど優秀ではない、ということか。

「それに、それだけ自活の道を先送りするってことで、ぼくには……そんな余裕、ないんです。親の世話になるのも限界だし、大学院出てフリーターになるのもつらいし」

「そうなの」

　初対面なのに、そこまで話してしまえる彼に好感を抱いた。同時に、そこまで聞いてしまっても動揺しない自分にも気づいた。

「就職するには、修士課程を終えたいまがグッドタイミングなんですよね。それに、理工学部は大学院に進む率がすごく高いんです。そこまで行かないと、有利な就職口、なかなかないし。だけど、狙《ねら》っているところはみんな似たようなものだから、競争率、けっこう高くなっちゃって」

「そうなの」

　ばかみたいに繰り返した。何も考えずに、ただ入りやすいから、と文学部を選んだ喜美代には、まるで未知の世界だった。が、息子の彰がそう遠くない将来、必ずぶつかる壁だ。ふと、彰は高校を経て大学へ進学するまでに、将来、自分が進む道をちゃんと決められるだろうか、と不安になった。

「暮れも押し迫ったこの時期、就職先が決まらないのは、ぼくらいなものかも」

「お友達はみんな、決まったの？」

「けっこう要領いいやつ、多いから」

「あなたは要領、悪いの？」

「悪いほうだと思います、ほかのやつに比べると」

どこか昔の自分に似ている、と喜美代は思った。試合に出る前に、顔ぶれを見ておじけづき、諦めてしまうところがある。

「それで、落ち込んでるってわけ？」

「まあ」

「で、昔、つき合ってた彼女に励ましてもらおうと思って電話したとか？」

その質問には、彼は返事をしなかった。

——就職活動がうまく進まず、慰《なぐさ》めてもらおうと以前交際していた女性に電話をした。しかし、番号がうろ憶えで、よその家につながってしまった。

喜美代は、そう推理したのだ。毎日、電話するような相手であれば、番号を間違えるはずはないし、番号そのものを登録するだろう。それに、現在進行形でつき合っている彼女ならば、若者同士である、携帯電話を使用するだろう。

「もしかして、町田さんって、中学とか高校の同級生?」

今度も、彼は黙っていた。

駅が見えてきた。駅前のロータリーを半周し、タクシー乗り場の手前で停まるようになっている。

グー、と助手席で異質な音がした。

「落ち込んでいても、お腹は減る。そうでしょう?」

そう言って、喜美代は笑った。

「すみません」

彼は、恥ずかしそうに腹を手で押さえた。ジーンズを穿《は》いた足が窮屈そうにダッシュボードの下におさまっている。

「朝から何も食べてないんでしょう?」

「はい」

「早かったものね。東十条から出て来て十一時じゃね。お昼、どこかで食べましょう」

喜美代は、車を停めずに、国道へ通じるバイパスへ向かった。

＊

自分の住む町からなるべく離れた場所で食事をしたかった。選んだのは、二駅先の国道沿いにある、フレンチレストランだった。値段が高めなので、家族連れが入るような店ではない。だが、ランチはそこそこの料金で食べられる。

そこで喜美代は、彼の名前や年齢を知った。

桜井《さくらい》雅晴《まさはる》。年明け早々に二十四歳になるという。誕生日が一月三日と聞いて、「さぞかし、お母さん、落ち着かなかったでしょうね」と思わず笑ってしまった。

「予定日は、十二月三十日だったらしいんです。だけど、なかなか生まれなくて。年を越してもまだ生まれない。ようやく三日目におめでた、となったようです。よく晴れた日で、気持ちが雅《みやび》やか、って気がしたんで、雅晴と名づけた。そう聞かされました。……と言っても、聞いたのは祖母の口からでしたけど。……母は、ぼくを産んでじきに死んじゃったんですよ。子供は産まないほうがいい、と医者に言われていたようですけどね、どうしても欲しくて無理して」

彼を産んでまもなく母親が死んだ、と聞いて、笑顔が引っ込んだ喜美代だった。

「それじゃ、お父さんがあなたを？」

「いや、ほとんど祖母に育てられたようなもんです。高校のときに祖母が死んで、父は……再婚しました」

「じゃあ、いまは……」

「父には父の家庭がありますよ、山梨にね」

「でも、それはあなたの、でもあるんでしょう？」

「いや」

即座に否定したものの、彼——桜井雅晴は、どう言葉を継《つ》ごうか迷ったらしい。そして、ふっと頬を緩めると、「このくらいの年になると、家庭がどうとかって、あんまり考えませんね」と言った。

喜美代は、それ以上、深く追及するのをやめた。彼が、少しでも早く自立したがっているのだけはわかった。自分が育った家庭から離れ、自分だけの家庭を作りたがっていることも。それなのに、第一志望の就職先に蹴《け》られ、気分が沈み込んでいるのだろう。

若い彼はボリュームのある肉料理を選ぶかと思ったら、魚料理を選んだ。喜美代に合わせたのかもしれない。スズキの香味焼きだった。喜美代は、自分のパン皿に載っていたフランスパンを一切れ、桜井のパン皿に移した。

「お酒はいけるの？」

「ビールを少し」

「じゃあ、飲む？」

スープが終わり、魚料理になったとき喜美代は聞いたが、桜井は「今日はやめときます」と答えた。

「ワインは好き？」

「あまり飲みません」

「飲めないわけじゃないんでしょう？」

「ええ、飲もうと思えば。だけど、ビールのほうが手軽だし、満腹感とかがあるんで」

「満腹感？」

ああ、と思い当たって喜美代は微笑んだ。ビールなら一缶でお腹が膨《ふく》れるということだろう。お金のない学生らしい表現だ。

――今度、ワインをじっくり飲むような食事をしましょうか。

料理を口に運びながら、そのセリフを舌の上で何度もころがしたが、口にする機会はやってこなかった。そんなセリフを言うのは早計すぎる気がしたせいかもしれない。

息子より八歳年上で、夫より二十一歳若い男を前に、喜美代は不思議な高揚感に浸《ひた》っていた。息子や夫に比べてずいぶん食べる速度が遅いと思ったが、よく観察すると、それは食べる速度を喜美代に合わせてくれているからだ、とわかった。食事をする相手の手元を見ているのだ。それだけのことなのに、ひどく喜美代は感激した。息子はいつもさっさと食べて二階へ上がってしまうし、夫は食べるあいだも視線は料理ではなくテレビや新聞に向いている。

「パパ、彰がまねするからやめて。食事のあいだはテレビ、消しましょうよ」

かつては妻の提案に従ってくれていたが、二年間の単身赴任が夫の習慣をもとに戻してしまった。子供のしつけをとやかく言う時期もとっくに過ぎていたので、現在、食卓でのルールはとくに設けていない。夫は、「飯は自分の好きなように食べたほうが消化がいいらしいぞ」とさえ言うくらいだ。

食事が終わるまで、桜井は喜美代の家庭についてひとことも質問しなかった。聞きたがったのは、読み聞かせや録音図書についてだった。喜美代のほうは、答えられてもわかるはずがないのに、彼が専攻しているという生物化学の分野に関して質問した。

「ええっと、生物化学ってのはですね、何て説明すればいいんだろう」

「大学院レベルの説明じゃなくていいわ。常識的な範囲で」

「そうですねえ、簡単に言えば、生体構成成分の構造、機能を勉強することからスタートする学問、ですか。アミノ酸、たんぱく質の基本構造とその性質、糖質の構造ならびに生理的意義、脂質《しつ》――脂肪の脂《し》です――の構造とその生理的意義、ビタミンと補酵素の構造と機能、核酸構成成分であるヌクレオチドの構造をおもに生化学観点から解説し、構造と生理機能の関連を理解することから始まります。そして、次に、生体における種々の物質の代謝と、それに伴《ともな》うエネルギーの生産について概説して、それから……あとは、ちょっとむずかしくなるかな」

「その前でも、充分、むずかしいけど。でも、おもしろいわ」

「そうですか」

桜井は、困ったように眉間《みけん》にしわを寄せた。「化学はすべての基本、創造だ、ってことです。すべての物質は原子、または分子からできている。それだけ理解してもらえば……充分です」

「わかったわ」

喜美代は笑った。桜井も、つられてはにかんだような笑いを見せた。

彼より十八年長く生きてきた自分が、年下の男に神妙な顔で教わるという構図が何だかずいぶんと心地よく感じられる。気持ちよく知的な会話を交わす関係は、家族のあいだで消滅して久しい気がした。息子は、学校で何を教わっているか、中学に入って学年が上がるにつれ、話すのを煩《わずら》わしく思うようになったようだし、夫にはまさか「会社で何か目新しいこと、あった？　どういう仕事しているのか教えて」と聞くわけにはいかない。「どこかおかしいんじゃないか？」と、一笑に付されるのがおちだろう。「今日、図書館でどんな本を読み聞かせたんだ？」と、夫に興味を示されることもまたない。

「で、桜井君はどんな研究をしてるの？」

「高温で増殖できる細菌について、酵素側から解明する、ことかな」

「それは、どんなことに役立つの？」

「どんなって……」

ふたたび彼は困惑顔になる。しばらくテーブルに視線を落として考えていたが、きっと視線を喜美代に戻した。瞳が輝いている。

「壮大なる課題ですけど、まあ、不老不死を追求すること、につながるかな」

「すごいじゃないの。人類最後で最大の悲願ね。わたしが生きているあいだに追求してね。できれば、老化を防ぐ化粧品とか作ってほしいわ」

「がんばります」

桜井が真顔でうなずいたので、喜美代はちょっとムッとした。老化を意識してもおかしくない年代だ、と彼に認知されてしまったとしたら、愉快ではない。

「もっとすぐに役立つものを作ってよ」

「えっ？」

「たとえば、洗濯物がまぶしいほど白くなる洗剤とかね。コマーシャルなんて信用できないわ。揉み洗いしないで靴下が真っ白くなる、なんて大うそだもの」

「洗剤ですか……」

「洗剤だって粒子でしょう？　原子や分子と似たようなものじゃないの？」

「それは、まあ……。でも、原子とか分子ってのは……」

困惑で頬を赤らめた桜井の顔を見ているうちに、困らせてやろう、という気持ちがしゅんと萎《な》え、喜美代は噴き出した。

それで、桜井の緊張もとけたようだった。「洗剤を研究している先輩もいますよ」と、表情を和《なご》ませて言った。

それから、洗剤の話題へと発展した。近々、大手メーカーからシート状の洗剤が発売される予定であることなど、桜井は企業情報を熱っぽく語った。

「シートになれば、こぼして床を汚すこともなくなりますよ」

「へーえ、便利ね」

喜美代は聞き役に徹しながら、桜井雅晴の若さと青くささを楽しんでいた。

桜井雅晴がなぜ自分に興味を示したのか、「町田」というのは誰なのか、気にならないではなかったが、謎を謎として残したまま つき合ってもいいではないか、とも思った。自分だって秘密を持っているのだ。とてつもなく大きな秘密を。

桜井が喜美代を〈見つめていてくれた〉ことは、食事が終わり、レジで支払いを済ませたときにわかった。店の人から喜美代が受け取ったコートを、さりげなく後ろからはおらせてくれたのだ。あっ、と一瞬、息を止めたほどの大きな衝撃だった。直後、胸が熱くなった。二十代の若者がさらりとできる行為とはなかなか思えない。きざだという印象はまったく受けなかった。

「あ、ありがとう」

声がうわずった。

「また会えますか？」

駅に着くと、桜井は聞いた。

「どうして？」

なぜ自分に会いたいのか、真意を聞かせてほしい、と喜美代は望んだ。

「あなたに会うと元気が出る気がするんで」

「………」

わたしはあなたの滋養強壮剤か、などと軽口を返してみたかったが、口元がこわばってできなかった。

「電話したら、まずいですか？」

「家族がいるときは、まずいわね」

はっきりと言った。彼の出方を見たい気持ちもあった。

「電話くれますか？」

すると、いつメモしたのか、彼は二つ折りにした小さな紙をよこした。アパートの電話番号と携帯電話の番号が記《しる》してある。

「気が向いたら」

しばらく桜井は黙っていたが、思いついたように「一人のときっていつですか？」と聞いてきた。

「平日の昼間。十時から三時ならほぼ確実。万が一、誰かが出たら、『間違えました』と言うこと」

原稿を読み上げるように、喜美代は淡々と答えた。

「わかりました」

桜井の顔がパアッと明るくなった。

彼が去った車中には、夫のものでもない、息子のものでもない男の匂いが残った。

2

桜井雅晴からの電話は、翌日、すぐにかかってきた。

「何だか少し元気が出て、第一志望にこだわらなくてもいいかな、って気がしてきました」

「そう、それはよかったわ。桜井君なら、ほかにも来てほしい、ってところが絶対あると思ったから。どんなところ？」

「まあ、いくつかあります」

しかし、桜井は、具体的な社名などには言及しなかった。

「年末は山梨へ帰るの？」

そこで、昨日は聞かなかった質問をぶつけた。

「いいえ」

「そう」

予想していた答えだった。桜井の父親は、母親がわりだった祖母が死んだあと、再婚したという。家族についてあまり話したがらないようすだったのには、昨日、気づいていた。

「喜美代さんは？」

唐突にファーストネームで呼ばれて質問を返され、喜美代は面食らった。昨日、レストランで自己紹介をし合ったが、その場では名前を呼ばれることはなかった。もっとも、二人でいるときに名前を呼ぶ必要などないのだが。

「あ、ああ……わたしは、お正月に主人の実家に。会津若松なの」

答えてから、桜井の前で「主人」という言葉を使ったのは、これがはじめてだと思った。

「みんなで行かれるんですか？」

「ええ、いちおうね。息子も」

息子、という言葉も同様にはじめて使う。胸がざわざわした。

「会津若松と言えば、白虎《びやっこ》隊ですね」

「ああ、そうね」

桜井が白い鉢巻きをして、白虎隊の扮装をした姿を想像したが、それはじきに彰の姿に取って替わられた。桜井の表情には青くささは残っていたが、子供っぽさは微塵《みじん》もなかった。

「会津塗ってのも有名だけど。漆《うるし》工芸よ」

「ぼく、漆にかぶれるんです」

「あら、本当？」

「ぼくはよく憶えていないんですけど、おばあちゃんによく言われました。子供のころ、どこか森に行って、ひどくかぶれたって」

桜井は今日は、「祖母」というような形式ばった言い方はしない。

「いまもだめ？」

「さあ、どうなんだろう。大体、どれが漆かよくわからないし」

玄関チャイムが無遠慮に鳴り響いた。夢から現実に引き戻された気がした。

「誰か来たんじゃないですか？」

桜井は、あわてたような声を出した。

「いいのよ、どうせセールスとか……」

と言いかけて、ああ、と喜美代は思い出した。一昨年、克典の部下に頼まれて生まれてはじめて仲人《なこうど》というものを務めたが、その夫婦が暮れもぎりぎりになって昨年、お歳暮を送ってよこした。今年もまだ届いていない。彼らからの届け物の可能性は高い。

「次はいつ、会えますか？」

早口で桜井は聞いてくる。彼の性急さに喜美代は戸惑った。が、嬉しくもある。

「今年はもう、図書館終わりなのよ」

明日から年明けの四日まで閉館する。

「じゃあ、新年に」

「会津若松でおみやげ、買って来るわ。漆……がだめなら何か別のものを」

そうだ、会津のおみやげを渡す、という名目があれば、彼と会ってもおかしくない。罪悪感を和《やわ》らげる自分への言い訳を思いついて、喜美代の心は躍《おど》る。

「じゃあ、ぼくも山梨、帰ります。実家には寄らなくても友達の家とか。で、何かおみやげ、買って来ます」

「ありがとう。じゃあ、九日に電話ちょうだい。子供の学校も始まるし」

「わかりました。同じ時間に電話します」

電話を切って、急いで玄関へ駆けつけた。

「こちら、外壁はそろそろ塗装のほう、お考えじゃないですか？」

宅配業者ではなかった。家の修繕を手がける業者だ。購入して八年になるので、外壁にかびが生えたり、ひび割れが生じた部分もある。専門の業者は、それらをめざとく見つける。

「主人と相談してからでないと。パンフレット、置いてってください」

そっけなく言って、喜美代は家に入った。邪魔が入らなければもっと長く話せたのに。物足りない気分だ。

受話器に手を触れたが、思い直す。こちらからは電話しない、と決めている。喜美代の心のブレーキはまだ機能しているようだった。

3

いつもは気が重い夫の実家への訪問も、正月気分が抜けたころには桜井雅晴に会える、と思うと、それほど苦役《くえき》には感じられなかった。夫の実家にいても、相変わらず夫は喜美代を見つめようとはしない。「お正月くらいはゆっくりしたいわ」と言う兄嫁のかわりに立ち働く喜美代が、ほんの一分も座布団に座る暇がないことにまるで気がつかないのだ。気がついたとしたら、「おまえも少しは座れよ」と言いそうなものだが。もっとも、そう言われたところで、できるはずもないのだが。外山家の親戚が集まった宴席に酒を運ぶのも喜美代の役目なら、燗《かん》をつけるのも、酒が切れていないか気にするのも喜美代の役目だった。気分よく酒を飲むのは男たちだというのに。兄嫁が立ち上がろうとすると、義母が「あんたはふだんやってるんだから、正月くらいは休みなさいよ」と引き止めるのだ。喜美代は、夫の実家にいるあいだ、ほとんど台所の隅《すみ》で食事を済ませていた。

その存在を意識しない、お運びさんのような扱いを受けて喜美代の正月三が日は終わった。不満がたまり、屈辱感とみじめさが胸にあふれそうになると、廊下の隅に行き、手鏡を取り出した。

——あなたを見つめてくれる人は、ちゃんといるのよ。

鏡の中の、自分とそっくりな女が喜美代を励ましてくれる。

——この世で、こんな大きな秘密を抱えているのは、あなただけなのよ。

とも彼女は言う。だから、あなたは選ばれた女でもあるのよ、と。

——そうよ、あなたは特別な人間なのよ。

鏡の中にいる〈もう一人の自分〉と会話することが慰めになり、自信へとつながった。

夫の実家を辞去するとき、兄嫁に「喜美代さん、何だかきれいになったわね」と言われてドキッとした。それまで、家政婦のようにしか見られていなかったのに、突然、まじまじと見つめられるのも恥ずかしいものだ。

兄嫁は、「克典さん。奥さんがあんまりきれいだと心配じゃない？」と、克典をからかった。克典は、「それ、誰のことですか？」ととぼけていたが。

会津若松から帰り、週末は喜美代が一人で藤沢《ふじさわ》の実家に行った。これも毎年の習慣だ。喜美代の両親は二人とも七十歳目前だが、どこも悪いところがなく、二人きりで暮らしている。正月には横浜に住んでいる弟一家が帰省する。弟のお嫁さんに気を遣《つか》わせては悪いと思い、彼らが帰って母親の疲れもとれたころに行くようにしていた。実家はやはりいい。思いきり〈娘〉に戻れる。もっとも、父親が不在で母親一人きりなら、の話だが。喜美代の父は、〈娘は嫁いで名字が変わったら、もうよその家の人間〉という古い考え方の持ち主だ。娘が実家に泊まった次の朝などは、「おい、早く帰らなくていいのか？　克典君、不自由してるんじゃないのか？」と、そわそわしている。

それでも、久しぶりに実家で羽を伸ばすことができた。

そして、九日。十時に桜井から電話がかかってきた。

「おみやげ、買って来ましたよ」

いた。

「それは、会ってのお楽しみです」

年が改まったから、というわけでもないだろうが、桜井雅晴の口調は以前よりずっとくだけていた。

「何？」

「わたしも買って来たわ」

「何ですか？」

「こちらも、会ってからのお楽しみ」

短い空白があった。

「どこで会う？」

喜美代は聞いた。そのことを彼も考えていたのだ、と直感した。

「ぼくはどこでもいいです」

「大学は？」

「まだ始まりません」

「じゃあ……東十条に行こうかしら」

「いいですよ。アパート、来ますか？」

「それはまずいわ。どこか近くで会えるようなところない？」

池袋、新宿、といろいろ会う場所を考えたが、克典の会社は京橋《きょうばし》にある。取引先も都心に散らばっている。どこも夫の行動範囲だ。東十条なら、間違っても夫が訪れることはないだろう、と考えたのだ。

桜井は、駅の近くの喫茶店を指定した。

「一時くらいでどう?」

「いいですよ。待っています」

4

「せいのっ、で同時に出しましょう」と言って、かけ声とともにそれぞれの手みやげをテーブルに出した。二つとも、似たような大きさの紙袋に入っていた。が、桜井が買ったほうは、明らかに箱に入ったものとわかる。

「何かしら」

喜美代が手に取って、紙袋から箱を取り出す前に、桜井はそれを紙袋から引き出していた。

赤べコの携帯ストラップ。それが、喜美代の会津みやげである。

「城下町、会津若松と言えば、赤べコなの。ちょっとレトロっぽくていいでしょう?」

「すごく可愛いです。ありがとうございます」

桜井は、携帯電話を取り出して、早速、ストラップを赤べコのに取り替えた。そして、携帯電話を振ってみせ、「ばっちしです」とおどけた顔で言った。

——ちょっと子供っぽかったかしら。

喜美代は、自分が手にした箱と赤べコの携帯ストラップを見比べ、そう思った。箱の中身は、アクセサリーの類としか考えられない。正直なところ、息子より八つ年上の男にどんな贈り物をすれば喜ばれるのか、まったく見当もつかなかったのだ。会津では、喜美代の自由になる時間などなかった。夫や息子と一緒にいて怪しまれない買い物と言えば、決まりきった手みやげよりほかなかった。

桜井の視線が、喜美代の手元に注がれる。喜美代は、箱の包装を解いた。木箱が現れた。ふたを開けると、大粒のティアドロップ型のペンダントトップがのぞいた。金色の鎖がついている。

「琥珀《こはく》……ね」

「きれいだったから」

短く桜井は答えた。

「あ……ありがとう」

身につけるものを贈られるとは想像していなかったので、喜美代は戸惑いぎみに礼を言った。若い男からプレゼントされたことなど、記憶にあるかぎり一度もない。息子に最後にもらったのは、修学旅行先の京都で買ったという湯飲み茶碗だった。

「つけてみるわね」

桜井の視線がペンダントに固定されたままだったので、喜美代は鎖を軽く持ち上げた。黒いタートルネックのセーターを着ている。琥珀のペンダントをするには、格好の装いだ。

「似合いますよ。セーターによく映《は》えます」

桜井は、微笑んで言った。

「こんな高価なものをいただいていいのかしら」

宝石ほど高価でないにしても、学生には安くない買い物だ。鎖も十八金を用いている。

「贈りたかったんです」

見つめられてそう言われ、喜美代は胸が高鳴った。

「琥珀のペンダントと赤べコの携帯ストラップじゃ、違いすぎるわね」

「大切にします」

桜井は、安価な民芸品にすぎないそれがついた携帯電話を握り締めて言った。赤べコの首がひょこひょこと動いた。

「ごめんなさいね。どんなものがいいのか、全然わからなかったの」

「いいですよ。好きです、これ」

「本当？　子供騙《だま》しみたいで恥ずかしいわ」

「そんなことないです」

「今度、何かもっとこれに見合うものを……」

「本当にいいんです。これが欲しかったんです、ぼく」

頬を紅潮させて桜井が言う。興奮すると、顔を赤らめるのが癖のようだ。

「本当にそれが欲しかったの？」

「ええ、これが」

ムキになって言い張る彼がおかしくて、喜美代は笑ってしまった。

「じゃあ、今度は、就職祝いね」

もっと高価なものをプレゼントする口実ができて、胸が弾《はず》む。

「決まればいいんですけど」

桜井の声がやや沈んだ。

「第一志望にこだわらなくてもいいかな、って言ってたじゃないの。決まりそうじゃないの？」

「こだわらなければ、の話です。でも、一生の問題なら、やっぱりこだわったほうがいいかな、と思って」

「そう。何か力になってあげられればいいけど、わたしはそっちの方面にくわしくないし」

「いいんです。こうして会えるだけで、力が出る気がしますから」

——どうして？

聞いてみたかったが、答えを聞くのが怖くもあった。同年代のガールフレンドと会っていたほうがよっぽど楽しいはずの若い彼が、なぜ間違い電話で知り合っただけの〈声のきれいな〉中年女にこれほど執着するのか、不思議と言えば不思議である。自分のほうには、〈久しぶりにまっすぐに見つめてくれた男〉という理由があるのだが。

「アパートは近いの？」

就職の話題になって黙り込んだ桜井に、喜美代は尋ねた。が、すぐにまずい質問だった、と気づいた。

「歩いて一分くらいです。……ぼろアパートですけど、行きますか？」

案の定、まずい方向へ連れて行かれようとしていた。

「どんなところか、外から見てみようかしら。息子はいま中学三年生なの。将来、大学へ進学したら、一人暮らしするかもしれないでしょう？　遠くの大学へ入るかもしれないし」

そうよ、見るだけなら……。妙な言い訳だ、と思いながらも、明るく言ってみる。

「行きましょう」

桜井がさっと腰を上げた。

5

「桜井君」

若い女性に呼び止められたのは、「そこを曲がったところです」と桜井が言って指をさした直後だった。

振り返ると、二十代前半の軽やかなショートヘアの女性が立っていた。革のジャケットにパンツ姿は、活動的な女性を思わせる。

「こんにちは」

彼女は桜井に挨拶し、視線を喜美代に移した。好奇心に何かしらの優越感が混ざった視線に、喜美代には感じられた。

ああ、とか、やあ、とか桜井は言葉を返した。戸惑っているようすだ。

「高校の同級生」

とだけ、桜井は彼女を喜美代に紹介した。

——わたしのことを何て紹介するんだろう。

喜美代は、彼の言葉を期待した。

「外山さん。図書館の……」

そこで言葉に詰まる。

「司書をなさっているんですか？」

桜井の高校の同級生が聞いた。

「ええ」

喜美代は、司書を演じた。

「町田さんでしょう？」

喜美代が彼女に尋ねると、彼女は面食らったように目を見開いた。〈わたしのことを彼から聞いているのか〉という驚きの表情だ。隣で、桜井も顔をわずかに赤らめた。

「あの、いいのよ。もうお話は終わったの」

二人の若者の反応に共通の〈ためらい〉を感じて、喜美代はそわそわと彼女に言った。小さな疎外感を覚えたのだ。

「どうぞ、お二人で話して」

喜美代は、いま来た道を後ずさった。「わたしは帰るわ」

「喜美代さん」

桜井が呼び止めた。

桜井の高校の同級生——おそらく、町田という名前だろう——の彼女は、彼が喜美代を名前で呼んだことに驚いたらしく、見開いたままの目を喜美代に向けた。

「ごめんなさい。失礼するわ。じゃあ」

まるで逃げるように立ち去った喜美代だった。

＊

しかし、電車に乗り込んでホッと息をついたとき、「すみません」と聞き憶えのある女性の声がすぐ後ろで上がった。

さっき桜井を呼び止めた彼女だった。

「わたしを追いかけて来たの？」

少し腹が立って、彼女を問い詰めるような口調になった。

「違います。わたしも家に帰るところです」

「…………」

そういうことだったのか、と喜美代は思い当たった。桜井は、彼女にかけるつもりが、番号を間違えて喜美代の家へかけてしまった。彼女と喜美代の家の電話番号は似ているということだ。住所もさほど離れていないのかもしれない。

「町田さんね？」

「そうです。桜井君がわたしのことを？」

「彼に用事があったんじゃなかったの？」

彼女の質問に答えるかわりに、喜美代は質問した。

「いいんです」

その言い方が、〈彼とはいつでも話せますから。それより、あなたのことのほうが知りたくて〉というニュアンスを伴って喜美代の耳には聞こえた。

「赤羽《あかばね》で降りて、少しお話しできませんか？」

だ。

「……いいわ」

喜美代は答えた。なぜ赤羽で降りよう、と彼女が言ったのか、その理由がわかったからだ。知り合いに目撃されるのを恐れている喜美代の不安な心理状態を、彼女は敏感に察知しているのだ。

6

「桜井君とは高校は甲府《こうふ》で一緒だったんですけど、卒業と同時に、わたしのほうは父の転勤で東京に引っ越して。それからずっといまのところに住んでいます」

自分で運んできたコーヒーを前に、町田は自分の身の上話を切り出した。

赤羽駅の近くのセルフサービスの店に二人は入っている。間近で見ると、町田の長いまつげには張りがある。ふっくらとした頬にも、二十代のみずみずしさがたっぷり詰まっている。

「あなたも学生？」

「はい、桜井君とは別の大学院ですけど、心理学を」

「じゃあ、大学院に残るつもりね？」

「はい」

一度、コーヒーカップに視線を落としてから、町田は長いまつげを上げた。慎重に言葉を選んでいるふうだ。

「わたし、高校生のとき桜井君とつき合っていたんです」

思いきったように町田は言った。

そんな気がしていたので、喜美代は驚かなかった。

「大学に入ってからもつき合いは続いていたんですけど、夏休み明けからぎくしゃくし出して……。失礼ですが、桜井君とはどういうご関係ですか？　図書館の司書をされているとか」

いきなり矛先《ほこさき》を向けられて、喜美代は当惑した。

「司書じゃなくて、朗読係かしら。子供たちに絵本を読み聞かせたり、録音図書のお手伝いをしているのよ」

とりあえず訂正する。

「そうですか。道理で、アナウンサーみたいにお美しい声をなさっていると思ったんです」

質問の答えを得ようとして、町田は熱っぽい視線を向けてくる。

「どういう関係か、あなたに話さなくちゃいけないのかしら」

意地悪な気持ちが不意にこみあげた。「桜井君とは別に、いまおつき合いしているわけじゃないんでしょう？」

「えっ？……あ、はい」

ちょっとうろたえたように、町田は唾を呑み込んだ。が、すぐに立ち直ったらしく、「でも、心配なんです」と眉を寄せて言った。

「心配？」

「桜井君が大学に行かなくなった、と知り合いから聞いたもので」

「いま、行ってないの？」

「はい。去年の秋ごろから」

そんなことはひとことも言ってなかったわ、と思いながら、喜美代は落ち着いた口調を心がけた。

「第一志望がだめだったんで、落ち込んでいるんじゃないのかしら」

「きっかけはそうかもしれないんですけど……」

「何？」

「また始まったのかな、と思って、不安になったんです」

「また？」

訝《いぶか》しむ喜美代に、唇を少し嘗《な》めてから町田は言った。

「中学生のとき、彼、不登校になった時期があったんです」

「それは、家庭の事情が関係しているんじゃなくて？　おばあさんが母親がわりだったんでしょう？」

桜井雅晴についてはよく知っている、と自慢したい心理が頭をもたげた。

「ええ。でも、それだけじゃなくて、彼はもともと繊細な神経の持ち主なんです。精神的に不安定になって、高校のときも摂食障害を起こしかけたことがありました」

「拒食や過食を繰り返したりすること？」

「そうです。一時は、入院するほどやせてしまったんです。そのあと、リバウンドで太ってしまって」

あの気配りのできるいつも冷静な口調の桜井が、食欲をコントロールできずに極端にやせたり太ったりする姿など、想像もできない。

「それで、彼が就職のことで悩んで、また精神的におかしくなったのでは、と心配になったのね？」

「はい」

——そうだったのか。

喜美代は、心の中で納得した。が、声には出さなかった。桜井は、やはり相談相手として昔つき合っていた町田を選んだのだろう。彼女は大学院で心理学を学んでいる。ところが、桜井は、彼女に電話をしようとして番号を間違えた。それが、喜美代と知り合うきっかけを作ったのだ。

「でも、大丈夫よ。桜井君、第一志望にこだわる必要はない、と気づいたみたいだから」

わたしがついているから大丈夫。そう彼女に受け取られてもかまわない、と喜美代は思った。が、今日の桜井の言葉は脳裏に引っ掛かってはいる。励まそうとした喜美代に、桜井は顔を曇らせてこう言ったのだ。――でも、一生の問題なら、やっぱりこだわったほうがいいかな、と思って。

「本当に、彼、そう思っているんでしょうか」

町田が返した懐疑的な言葉に、喜美代はムッとした。

「信じられないって言うの？」

「そういうわけでは……」

彼女はかぶりを何度も振って、上目遣いに喜美代を見た。「ただ……前のときと状況が似ている気がするので」

「前のとき？」

「高校二年のときに、桜井君のおばあさんが亡くなったんです。彼にはすごくショックだったんでしょう。おばあさんの死がきっかけで、彼は拒食症にかかったんです。それを治すために通ったクリニックで、主治医の女の先生に……」

今度は、喜美代がごくりと生唾を呑み込んだ。

――彼が女医に惹かれた？

「中学生のときに不登校になったきっかけは、おばあさんはあくまでもおばあさんで、お母さんにはなれない、と気づいたからだったようです。思春期と反抗期が重なったということですね。目に入れても痛くないほど可愛がってくれていたおばあさんを、相当、悲しませたといいます。

おばあさんの死でよりどころをなくしたような気がしたんでしょう。桜井君、一気に女の先生にのめりこんで……」

「ちょっと待って」

喜美代は笑って、手で制した。「桜井君がそのときと同じようにわたしにのめりこむ、とでも言うの？　彼はそのころと違って、いまは大人なのよ」

「ええ、大人ですからそれなりに理性はあると思います。でも、根本は同じはずです。女の先生に幻想を抱いたように、外山さんにも幻想を抱いている気がするんです」

「幻想？」

「外山さんの中に、幻の母親像を求めていると思うんです」

心理学を専攻している学生らしく、町田はきっぱりと言った。

喜美代は、彼女の若さという武器で頭を殴られた思いがした。まさに、その言葉を恐れていたのだ。喜美代は、桜井の〈若い母親〉と言ってもおかしくはない年齢だ。だが、そのことを、桜井と釣り合う年齢の女に指摘されたくはなかったのだった。

——彼は、わたしの中に〈母親〉ではなく〈女〉を求めてつき合っている。

そう思い込みたがっている喜美代がいた。

「わたしに母親を？　わたしに彼の母親がわりができるって言うの？」

「はい。彼は、母親というものに対して、とても複雑な感情を抱いているのだと思います。自分が生まれたから母親が死んだ、という激しい罪の意識と喪失感、得ることができなかった母性愛を強烈に求める気持ち。彼の心の中に開いた穴は、どんなに愛情が深かったとは言っても、おばあさんには決して埋めることができなかったんでしょう。母親の存在を写真の中でしか知らない彼は、闇《やみ》の中で必死に出口を探すように、手探りで理想の母親像を捜し求めているんです。彼の理想の母親は、いつも若くて美しくて、そして声がきれいで……」

「やめて」

喜美代は、ぴしゃりと遮った。

町田は、頰を叩かれたように目をしばたたいた。

「心理学を学んでいるお嬢さんらしく、ずいぶん自信家のようだけど、はたして人間の心ってそんなにきちっと分析できるものかしら。勝手にわたしを彼の追い求めている母親像に重ねないで。わたしは彼に、ひとこともそんなふうに言われたことはないのよ」

「正直に言ってあなたを失うのが怖いからです」

「決めつけないで」

喜美代は、興奮で肩が上下しそうになるのを抑えて言った。「そんなふうに手に取るように彼の心の中が読めるのなら、どうしてあなた、彼と別れたの？」

「自信がなかったからです」

「………」

「あのころのわたしは幼くて、知識も力もありませんでした。神経の細い彼を励ましているつもりが、逆に苦しめているのに気づいて……。励まし方がわからなくて、疲れてしまったのかもしれません」

「お勉強して成長し、自信もついた。だから彼の前にふたたび現れたってわけ？」

「わたしのまわりで最近、自殺した人がいました。それで、何だか急に不安になったんです」

「彼のアパートに来たってわけね。彼が自殺するとでも？」

「わかりません。命を絶ったその人は、うつ病にかかっていました」

「………」

「外山さんがわたしの名前を知っているってことは、桜井君が教えたってことですよね。彼はわたしに連絡したがっていたんじゃないでしょうか。わたしに何か相談したくて。それで、あなたとの会話の中にわたしの名前を出した。違いますか？」

大筋はそのとおりだ。桜井は、昔つき合っていた町田に救いを求める気になったのだ。

「違うわ」

だが、喜美代は意地でも認めるつもりはなかった。

「昔つき合っていた女性、としてあなたの名前をぽろりと口にしただけよ。終わった恋、としてね。彼はとっくにふっきれてるわ」

言ってしまって、カアッと頬が火照った。終わった恋と新しく始まった恋。前者が町田との恋で、後者が自分との恋。そう宣言したのも同然である。

大人の自分が、年下の女に敵意をむき出しにしている子供の自分をたしなめる。だが、子供の
——二十歳そこそこの女と張り合ってどうするのよ。

聞き分けのなさが大人の分別をはねのける。

しばらく町田は、黙って喜美代を見つめていた。

「彼をどうか守ってあげてください」

そして、ため息をつくと、静かに言った。潔《いさぎよ》く引き下がられて、喜美代はあわてた。若い彼女のほうがよっぽど大人に見えるではないか。

「守ってあげたければ、あなたが守ってあげればいいんじゃない?」

「わたしは……また、同じことの繰り返しになりそうで怖くもあるんです」

町田は、目を伏せて答えた。長いまつげが小さく震えた。

「桜井君はとてもやさしい人です。細かな気配りができて。でも、それはわたしを息苦しくもさせたんです。彼の父親はあまり子供に興味を示さない人だったようです。それで、彼はほとんどおばあさんに育てられたようなものですが、その当時、おばあさんはかなりの高齢でした。桜井君には、自然に年寄りの身体をいたわるようなしぐさが身についたんでしょう。わたしに対してもとても親切でした。重いものを持ってくれたり、ドアを手で押さえてくれていたり、コートを着せてくれたり……」

それは、自分にもしてくれたことだ。喜美代の心臓は脈打った。

「でも、だんだんとそれが重荷になってきたんです。この人と結婚したらどうなるだろう、なんて将来を思い描いてしまって。親切なことが悪いと言っているのではありません。女性は弱いもので守ってあげなければいけない。彼がそういう考えの持ち主であれば、それは立派なことです。でも、わたし、結婚前に女性に親切だった男が結婚後に豹変《ひょうへん》したケースをけっこう見ているんです。女性は弱い存在で守ってやらなければいけない。そういう考え方は容易に支配意識へとすり替わるんです。守ってやるかわりに自分に服従しろ、みたいな……。それがわたし、怖かったんですね。自分の父親が……そうだったから」

町田は、肩で息をしていた。

「人間心理を分析するのがお好きみたいね」

彼女の分析に感心した、と受け取られないように、喜美代は皮肉をこめて言った。「でも、あなたのパターンにはめられた桜井君は可哀そうだわ」

「ええ、そう思います。ひとりよがりの部分があったんじゃないか、といまはちょっと反省しています。幼かったんです。いまなら……」

——いまなら?

喜美代は、ドキッとした。この娘は、まだ彼を諦めていない、と直感した。

「桜井君があなたに救いを求めたいのなら、とっくに求めているはずじゃない?」

若い女への対抗意識が、喜美代にそう挑戦的な言葉をぶつけさせた。

「そうかもしれません」

「彼はね、図書館に来て、わたしの朗読を聞いたのよ。それで、わたしに興味を持って……」

「そうだったんですか」

町田の顔に安堵《あんど》の表情が広がった。「それって、どこの図書館ですか？」

喜美代は、自分の住む町の図書館の名前を言った。

「隣町の図書館ですね。やっぱり桜井君、うちの近くまで来たんです。わたしに何か相談したくて。でも、わたしに会う勇気はなくて、ふらりと入った図書館で……」

「違うわ！」

気がついたら、叫んでいた。店内の客が何人か、訝しげにこちらを見た。

「子供好きな彼が、絵本の読み聞かせのお知らせを広報紙で目にしたのよ」

「絵本の読み聞かせなら、別に地域の図書館でもやっているんじゃないですか？　東十条の図書館でも」

町田は言い返してくる。彼女の視線が、自分の胸元に注がれているのに喜美代は気づいた。桜井にもらった琥珀のペンダントだ。思わず、ペンダントを右手で握り締めた。

「それ、桜井君にもらったんですか？」

「いいじゃない、どうでも」

「彼、そういうこと、したがってました。母の日には、おばあさんの年代ではなく、お母さんの年代の女性に似合うようなアクセサリーをプレゼントしたかったようでした」

喜美代の頭に血が上った。最大の侮辱だった。あなたの胸元に下がっているペンダントは、母の日に息子が母親にあげるような野暮《やぼ》ったいデザインのペンダントだ、と言われたようなものである。確かに、琥珀のペンダントは若い人はあまりつけていない。

「わたしたちの関係はね、特別なのよ」

特別、と言ってしまった。若い彼女に負けたくないという意識がそう言わしめたのだ。

「ど、どういうことですか？」

町田が、面食らったように問うた。

「次に彼に会えばわかるわ」

――この女が若さを武器に桜井雅晴の心を奪おうとしているのなら、わたしはわたしの特別な武器で立ち向かうわ。

喜美代は、そう考えていた。特別な武器――あの手鏡で。探究心の強い桜井が、あの鏡に興味を示さないはずはない。彼は、〈特別な鏡〉を持っている喜美代をもまた〈特別な存在〉として見てくれるに違いないのだ。

喜美代は、確信していた。

第四章　深淵

1

「見せたいもの、って何ですか？」

ベンチに座った桜井雅晴は目を輝かせ、身を乗り出してきた。はじめて喜美代から呼び出されたのだ。声にかなりの期待がこめられている。

「就職に関係するものじゃなくて悪いんだけど」

と、喜美代は前置きした。

先日と同じ東十条の駅近くの喫茶店で待ち合わせたが、「どこか公園みたいなところはないかしら。人目につきたくないの」と言って、桜井を外に誘い出した。桜井が連れて行ってくれたのは、ブランコと鉄棒くらいしか遊具の見当たらない小さな公園だった。幼児の姿はない。

喜美代は、手鏡の入ったバッグに手をかけたが、もう一度聞いておこうと手を止めた。

「本当に、町田さんとは会ってないの？」

「えっ？　ええ」

宙にさまよわせた視線で、喜美代は桜井がうそをついているのだと思った。会ってはいないかもしれないが、町田から連絡はあったのだろう。心理学を学んで力と自信をつけた彼女は、ふたたび桜井のよき相談相手、恋人としての交際を再開したい気でいるのだ。それで、喜美代と桜井との交際を〈男と女〉のそれとは見なさず、あくまでも〈母親と息子〉のそれと見なしたいのではないか。

「同じ年頃の彼女とおつき合いするほうが自然でしょう？」

「…………」

「どうしておつき合いしないの？」

「彼女、何か言ってましたか？」

「高校時代、あなたとおつき合いしていた、とだけ」

先日、町田は、「たまたまこのあたりに用事があって来ただけ。これから帰るところだから」と桜井に言って、喜美代を追いかけるようにして駅のほうへ向かってしまったのだという。

「それだけですか？」

「そうよ」

「…………」

「桜井君も、そろそろ彼女とまた交際してもいいか、と考えてるんじゃないの？　だって、もともと彼女に電話するつもりだったんでしょう？」

間違い電話がかかってきたのが、喜美代のところだったのである。

「最初に相談相手として選んだのは、彼女だったんじゃないの？」

「でも……」

桜井は、押し黙った。

喜美代は、苛立《いらだ》った。――でも、あなたと出会ってしまったのだから、あなたがいいんです。そう続けてほしかったのに。

「ああ、ずいぶん焦《じ》らしちゃったわね」

喜美代は、苛立ちを追い払うように高い声を出した。桜井の視線が喜美代の手元に移る。

喜美代は黒い布袋から手鏡を引き出したが、鏡を裏返しにしておいた。

「クルミの木を使った手鏡なの」

「それを……ぼくに？」

桜井は、ホクロが埋もれた太い眉を寄せる。

「残念ながらプレゼントすることはできないの。いままで誰にも見せたことがない鏡なのよ。主人にも息子にも」

思わせぶりに言って、裏面の木彫り模様を見せたまま彼に手渡し、喜美代は鏡から視線をはずした。祈るような思いでいた。彼の目には自分自身の像がどう映るのか、不安でたまらない。魔力を秘めた鏡だ。彼の目に、何がどう映し出されるのか……。鏡の中の顔は、ごく普通に、左右が逆転した形に映るかもしれない。

桜井が鏡を表にする気配を傍《かたわ》らで感じた。十秒、二十秒、と時が過ぎる。一分ほど経過したとき、桜井が素っ頓狂《すとんきよう》な声を上げた。

「降参です」

「えっ？」

その反応に戸惑って、喜美代は彼を見た。彼は苦笑している。

「どんなトリックなのか、教えてくださいよ」

桜井は、手鏡の把手を持ち、クルクルと回転させた。落として割られては大変だ。喜美代は、手鏡の回転を止めさせた。

「トリック？」

「だって、変ですよ、この鏡。ぼくのホクロが、ほら、こちら側に映っている」

桜井は、鏡をのぞきこみ、対角線上に映し出されているホクロを右の人さし指で示した。鏡の中で動く指も右手の指だ。

「こんなこと、普通はあり得ませんよ」

「普通はね」

「だから、どんなトリックを……」

言いかけて、喜美代の真顔にぶつかり、桜井の顔からも苦笑が引いた。

「まさか……」

「あなたも理系の人間ならわかるでしょう？ 鏡にトリックなんか存在しないのよ」

喜美代は、得意げに言った。

「じゃあ、錯覚？」

「目の錯覚が、あなたとわたし、同時に起きるかしら」

「喜美代さんもぼくのように見えているんですか？」

「当然じゃないの。この鏡は普通じゃない。だからこそ、誰にも見せないできたんだもの。でも、この鏡の秘密を背負うにはわたし一人じゃ重すぎて」

「ど、どこで手に入れたんですか？」

「もらったのよ」

「誰に？ どうやって？ どうして？」

興奮して、桜井は質問をたたみかけてくる。

「くわしくは言えないわ。友達にもらった、としか。だけど、その人が作った鏡じゃないことは確かよ」

「いつもらったんですか？」

「去年の十一月だったかしら」

桜井は、もう一度鏡に自分の顔を映して、まじまじと見つめていたが、ふと右手を挙げた。次に鏡を右手に持ち替えて、左手を挙げた。右手で耳や髪を触り、左手で同じことを繰り返す。しばらく似たような動作を続けていたが、信じられない、といったふうにゆっくりとかぶりを振った。そして、ぶつぶつと、自分に言い聞かせるようにつぶやき始めた。

「そうだよな、この鏡にトリックなんか、仕掛けられるはずないよな。……やっぱり、おかしい、確かにおかしい。認めたくないけど、でも……認めなくちゃいけない。こんな鏡が、この世に存在するなんて……」

「大丈夫？」

放心状態に近い桜井を見て、喜美代は思わず声をかけてしまった。驚くだろうとは思ったが、これほどまでに衝撃を与えるとは思わなかった。桜井は、いままで身につけた科学の知識、価値観を根底から覆《くつがえ》されるほどの大きな衝撃を受けたようだ。

「どうして、あなたは驚かないんですか？」

桜井がつっかかってきたので、喜美代はうろたえた。驚き方が充分でない、と言いたいらしい。

「お友達にもらったんでしょう？　なぜ、そのお友達を問い詰めなかったんです？　一体、どこの誰なんですか？」

「言えないわ」

「男ですか？　女ですか？」

「女友達だけど」

「彼女がどこでどう手に入れたか、喜美代さん、あなたは少しも興味を持たなかったんですか？」

「どうやって手に入れたかくらいは聞いたけど、だけど、それがそんなに……」

「大切なことですよ」

怒気がこもった口調で、桜井は熱っぽく言った。「素人《しろうと》のあなたにはわかっていないかもしれないけど、これはものすごく大変なことなんです。もし、誰かが人工的に作り出したものじゃなくて自然界に存在するものだとしたら、それは大発見ってことになるし、誰かが作り出したものだとしても、それは……その人の大発明ってことになるんです」

大発見と大発明。喜美代が想像もしなかった言葉が、桜井の口から飛び出した。

「鏡に自分の顔を映すと、左右が逆になったように見えます。上下は逆になっていないのに、です。なぜそうなるかわかりますか？」

何かに取り憑かれた表情で、桜井が聞いた。

「なぜなのかはわからないわ。でも、自分の顔が左右、そっくり逆転したんじゃないことはわかるわ。顔の右が鏡の右側に、顔の左が鏡の左側に映るだけだもの。鏡に映った顔は、自分にとてもよく似ているけど、まったく違う顔」

似たような会話は、死んだ秀子ともしている。

「そのとおりです。だけど、この鏡は、顔の右側が対角線上の左側に、顔の左側が対角線上の右側に、きれいに投影される。自分と向き合っているような状態が作り出されるんです」

「そうね」

それはもう、喜美代自身、何度も経験して知っている。が、淡々としたその口調が、〈大発見〉に興奮している桜井には歯がゆく思われたらしい。

「鏡像が反転しない鏡なんて、この世に存在するはずないんです。宇宙からきたのでなければ。鏡の起源って知ってますか？　鏡は英語でミラーと言いますが、語源はラテン語でミラリ、訝るという意味です。ミラリから見つめるという意味のイタリア語が生まれたんですよ。何かで読んだ憶えがあります。ナルキッソスが水面に映った人影を見て、『あれは誰だろう』と訝り、その姿を見つめたときに、自分の姿を映すという鏡の基本的な機能が生まれたんです。水面が鏡だった時代から金属で鏡を作る時代へと進んでいきます。いま、知られている最古の鏡は、メソポタミアの古代エラム王国の首都スーサから発掘された柄《え》付きの円鏡です。紀元前二五〇〇年から二〇〇〇年の時代ですね。それから、鏡を作る技術がどんどん進歩していきます。鏡の面を平面から凸面、あるいは凹面に変えることを考えついた人間がいて、そこに映し出される人間の顔は歪《ゆが》みのない美しいものとなりました。けれども、いまのようなガラス鏡を使うようになったのは、日本においてはわずかに百年ほど前、ヨーロッパでもようやく近世になってからです。映すものを歪ませない鏡がない時代、人間はどうしていたと思いますか？　自分がどういう顔をしているのか、誰も正確にはわからなかったんです。人に教えてもらうしかなかったんですよ。『あなたの顔の形はこうで、目はこうで、鼻はこうで……。だから、あなたはとてつもなく美しい』とかね。そんなの、信じられますか？　鏡を発明した人ってすごいと思いませんか？　実に画期的な発明だとは思いませんか？」

熱に浮かされたように彼はしゃべっていた。

「ずいぶんくわしいのね」

「化学はすべての基本です。興味の範囲は広いんです。自分で言うのも何ですが、ぼくはもともと勉強家なんですよ。やる気だって人に負けないくらいあります。ただそれが……人に伝わりにくくて。どうしても、口がうまくて社交的で、見るからに明るい男のほうがもてはやされて。社会に出て通用するのは、何でもそつなくこなせる調子のいいやつなんです。ぼくみたいに暗い過去を引きずっている無器用な人間は敬遠されるんですよ。だから、何か一つ、これなら絶対に人に負けないというものを身につけなくちゃいけないんです」

「絶対に人に負けない何かと鏡とは、関係ないじゃないの」

「ないことないです。すごく価値ある鏡なんですよ」

「……………」

「よくそんなに落ち着いていられますね。友達って誰なんですか？　どこに住んでいるんですか？　いまどうしてるんですか？　こんなふうに映る鏡はほかにもあるんですか？」

　ほとんど彼は怒鳴っていた。

「一枚だけだと思うけど」

　最後の質問に先に答えた。

「一枚だけ？」

「それから、その友達は……死んだわ。長野県に住んでいたけど、名前は言えないわ」

　質問の順番とは逆に答えた。

「長野県のどこに？　この鏡は一体、どこにどんな形であったんです？」

「本当に知らないのよ。だって、鏡をもらってすぐに、彼女は死んでしまったんだから」

「この鏡のことは、喜美代さんのお友達以外には……」

「鏡があったことを知っている人はいても、こんな不思議な鏡だとは誰も知らなかったはずよ。知っていたら手放さなかったはずだし。わたし自身、彼女にもらってから気づいたの」

「それじゃ、お友達はあなたに『この鏡は、映った像を反転させない』とは教えなかったんですね？」

「え、ええ、何も。でも、彼女自身は、気づいていたと思うわ」

「どうして死んだんですか？」

「……………」

「病気で？　事故で？」

殺された、と言えば、彼はどんな反応を示すだろう。喜美代は少し躊躇したのち、「病気で死んだの」と答えた。「大発見だ、大発明だ」と興奮している彼に、不吉なイメージは与えたくなかった。ほかの誰もが持ち合わせない強運を運び込んだ女として彼に見られたい、そういう気持ちがわずかでも喜美代の中に残っていたのかもしれない。

「それじゃ、お友達はこの鏡を形見として喜美代さんに？　彼女とは親しかったんですね？」

「いま思えば形見とも受け取れるけど、そのときはわからなかったわ。確かに彼女は、古い友達ではあったけど」

正直に言えば、いまに至っても彼女の心の中はわからない。

「やっぱりそうだ。魔法の鏡だからこそ、親しい友達のあなたに譲る気になったんですよ」

遠くを見る目で彼は言った。喜美代は、科学者の卵と言ってもいい彼が、〈魔法の鏡〉という表現を使ったことに違和感を覚えた。

「ぼくに貸してくれませんか？」

「えっ？」

「手元に置いて、細かく調べてみたいんです」

「だめよ」

喜美代は、彼の手から手鏡を奪い上げた。あわてて黒い布袋にしまう。

「割ったりしません。ちょっとお借りするだけです」

「漆にかぶれるんでしょう？　これ、漆が塗ってあるのよ」

「加工されたものなら、大丈夫です」

「できないわ。人には見せられないの」

喜美代は、布袋をバッグに突っ込むと、バッグごと背中に回してしまった。

「残念だなあ」

彼は諦めきれないようすで、背中に回した喜美代の腕のあたりを見ている。

「絶対、誰にも見せない、と誓ってもだめですか？」

喜美代は、かぶりを振った。

「それなら、どうしてぼくに見せたんですか？」

うっ、と喜美代は言葉に詰まった。

「ほかの誰かが見たら、どういう反応を示すか、大体、想像はつきます。こんな珍しいもの、もったいなくて人に見せるはずないじゃないですか」

「え、ええ、わかってるわ。だけど……」

この鏡は珍しくて不思議なだけじゃない、怖い力を秘めた鏡でもあるのよ。――そういうセリフが喉まで出かかっている。が、どう怖い鏡なのか、喜美代にもわからないのである。けれども、何かしらの恐怖がじわじわと押し寄せてくる予感だけは、しっかり胸の奥に生まれている。

誤算だった、と喜美代は後悔していた。桜井は、〈魔法の鏡〉を持っている喜美代に対してではなく、〈魔法の鏡〉そのものに強烈な執着を示してしまった。

「貸したら返してもらえない、そう思ってるんですか？」

「そんなふうには思ってないわ。でも……ごめんなさい、今日はだめなの」

〈魔法の鏡〉を持ったままこの場は逃げるしかない。そう喜美代は悟った。

2

それから、三日続けて、桜井から電話がかかってきた。

「あの鏡、割れていませんか？」

「まだ、魔力を持ったままですか？」

「いま、どんなふうにあなたの顔が映ってますか？」

「一日だけでいいんです。貸してもらえませんか？」

すべて、〈魔法の鏡〉に関する内容だった。喜美代があの鏡をどうにかしてしまうのではないか、彼は心配でたまらないようすなのだ。

「大学院のほうは？」

喜美代が質問を挟んでも、「そんなのはどうでもいいんです」と面倒くさそうに答える。

「どうでもいいってことはないでしょう？　将来について思い悩んでいたんじゃないの？」

「あの鏡に比べたら、すごく些細《ささい》なことに感じられますよ。お願いですから貸してください。ぼくに研究させてください」

「不老不死の研究をするんじゃなかったの？」

「化学はすべての基本だと言ったはずです。興味の対象は無限にあるんです」

――彼は、あの手鏡にすっかり魂を奪われているんだわ。

研究者らしく、希少価値のある鏡を独り占めしたがっているのだ。

何を言っても無駄だ、と喜美代は思った。

「考えておくわ」

時間稼ぎのつもりでそう答えたが、四日目の土曜日にも電話がかかってくるに至って、喜美代は青ざめた。幸い、息子は二階にいて、夫は散歩に出ていたときだったが。

「平日に電話して、と言ったじゃないの」

小声で応じた喜美代に、どこか悲痛な響きのする声で桜井が言った。

「近くまで行ったら、あの鏡、貸してくれますか？」

「だ、だめよ、来ないで」

「ぼく、我慢できないんです。どうしてももう一度、あの鏡を見たくて。夢にまで見るんです」

「わ、わかったわ。貸してあげる。来週の月曜日、あそこの公園に行くわ。時間は前と同じ。いいわね？」

ついに喜美代は押しきられた。

＊

翌週の月曜日、喜美代は、手鏡を黒い袋に入れたまま桜井に預けた。黒い袋ごと渡したのは、人前で不用意に鏡面を見せないようにするためだ。

「お願いです。一週間ください。それだけあれば、何とか調べられるんです」

「一日だけでいい、って言ったじゃないの」

鏡をジャケットのポケットにしまってから言うのは卑怯《ひきょう》だ、と喜美代は腹が立った。

「一日じゃ無理なんです。顕微鏡くらいしか、うちには置いてないし。研究室に行かなければいろいろ文献もいるし、道具も使うんです」

「誰かに見られるんじゃないの？」

「絶対に見られないようにします。小さな鏡です。誰か来たら、すぐに隠せます。それに……見られるようなヘマ、ぼくがするわけないじゃないですか」

桜井は笑った。わずかに右の口角が下がったのに喜美代は気づいた。歪んだ微笑に、いままでは見えなかった彼の心の歪みがのぞけた気がした。世紀の大発見をした考古学者か、世紀の大発明をした科学者の顔を思わせる、野望に満ちた表情だ。

「一週間したら、本当に返してくれるのね？」

「約束は守りますよ。……じゃあ、今日は講義があるので。家に帰って準備をしなくちゃ」

桜井は、手鏡をしまったポケットを右手で押さえながら、そわそわしたようすで言った。

目的を果たしてしまえばあなたに用はない、ということだろう。

——お茶を飲む暇もないの？

そう言おうと思ったが、返事が予想できたのでやめた。

「そうね、まだ学生だもの、たくさんお勉強しなくちゃいけないわ」

喜美代が言うと、桜井は現金なほど顔をほころばせた。それを見て、彼を引き止めておきたい、という気持ちも急激に萎《しぼ》んだ。自分が発した保護者ぶった言葉によって、町田が言ったとおり、自分と彼との関係は、〈母と子〉のそれに決定づけられた気がしたのだ。

風の強い日だった。あわててしたくをして出たので、マフラーを忘れてしまった。コートの襟《えり》を立てて風をよけ、帰り道を歩く喜美代の足取りは重かった。彼との関係が変わってしまった寂しさを、鏡が彼に与える影響を想像する恐ろしさが上回っていた。

3

約束は守る、と言っていたのに、一週間たっても桜井からは連絡がなかった。アパートに電話をしても携帯電話にかけても、いつも留守だった。

喜美代は、たまらなく不安に襲われた。殺された秀子のことが頭をよぎる。

――あの鏡を持ったまま、彼はどこかへ行ってしまったのではないか。

たとえば、鏡について専門知識を持っている学者か、研究者のところに。

彼は、あの鏡を細かく調べてみたい、と語っていた。とすれば、やはり、自分自身があの鏡の発見者か発明者になるつもりなのではないか。

――野心を満たすため？

桜井雅晴が何を望んでいたのか、喜美代にはわからない。だが、あの鏡に、顔を映し出した人間の持つ潜在的な欲望や願望を引き出す力が秘められているとすれば、彼の欲望や願望をそっくり引き出してしまう可能性はあるのだ。秀子が〈ダンサーになりたい〉という願望を引き出されたように。

――わたしはどうなの？

喜美代は、ハッと胸をつかれた。自分はどうなのだろう。わたしの欲望は？　わたしの願望は？

鏡が自分の手に渡った時点でいちばん望んでいたのは何か、喜美代は思い返してみた。

それは、見つめられる、ことだった。

夫にも見つめてもらえない、息子にも見つめてもらえない自分が、はじめて桜井雅晴という男に見つめられた。図書館で本の読み聞かせをしていた喜美代を、入口の横で視線に力をこめて見つめていた男。それが彼だった。

──わたしの身にも、鏡の力は及んでいるじゃないの。

改めて気づいて、喜美代はゾッとした。

まさに、魔力を秘めた鏡、魔法の鏡、魔鏡だ。

*

町田が何の前ぶれもなく喜美代の家のチャイムを鳴らしたのは、桜井との約束から二週間たったときだった。桜井のアパートに行こう、と決めたその日である。

「どうしてここがわかったの？」

ドアを開けると、目のさめるようなブルーのパーカーをはおった町田がいた。近所に買い物に出かけるときのような軽装だ。

「電話帳で、トヤマという名字を探したんです。富山県の富山、ドアの戸山、外の外山……。外と書く外山さんだったんですね。このあいだ降りた駅がわかったので、大体、住んでいる町の見当はつきました。あなたが絵本の読み聞かせをしている図書館もわかってましたし」

電車の中で町田に住所を聞かれ、教えなかった喜美代だったが、降りる駅までごまかす必要はないと思ったのだ。

「うちと一番違いの電話番号がありました。それがこちら、外山克典さんのお宅でした。やっぱり、そうだったんですね。桜井君は、わたしの家へ電話をかけようとして、間違えてお宅へかけてしまった。違いますか？」

鋭い推理力を発揮する子だ。喜美代は、素直に感心した。

「寒いから中へどうぞ」

「いいえ、ここで」

「わたしが寒いの」

喜美代は、暖房の効いたリビングルームへ町田を招き入れた。

作り置きしてあったコーヒーを運んで行くと、テーブルに置かれるのを待っていたように、町田は切り出した。

「桜井君とは連絡、取れていますか？」

案の定、桜井雅晴の件だ。彼女がそれ以外の理由で喜美代の家を探し出すはずがないのだ。喜美代は、どう答えようか考えを巡らせた。

すると、「やっぱり、連絡が取れないんですね」と町田は眉を寄せた。

「どうしたの？」

やっぱり、彼の身に何かあったのか。喜美代の心臓はビクンと跳ね上がった。「まさか、どこかへ行ってしまったんじゃ……」

「いえ、家にはいます。桜井君、ずっと部屋に閉じこもっているんです。電話に出ないようにしているんですよ」

「あなたはどうして……」

「おかしいと思ったので、直接、部屋に行ってみたんです。窓に明かりがついていて、中にいるのがわかりました。しつこくドアを叩いたら、ようやく開けてくれました」

「閉じこもって、彼は……何をしていたの？」

聞くのが怖かった。

「勉強していたようでした。机にいっぱい本を広げて。でも、わたしがのぞこうとしたら、『大事な研究をしているから』と言って隠してしまったんです」

「大事な研究？」

それはまさに、〈魔法の鏡〉の研究をさしているのではないか。

「びっくりしました」

町田は、張りのある頬を両手で挟み、静かに首を横に振る。

「どうしたの？」

「桜井君、信じられないほど、やつれていたんです」

「本当なの？」

「ろくに食事もしていないようでした。そうでなければ、短いあいだにあんなに急激にやせるはずありません。寝ていないのかもしれません」

「寝食を忘れて研究に没頭している、ってわけ？」

「本人は、『ちゃんと食べているし、寝てもいる』と否定してましたけど。でも、あの憔悴《しょうすい》ぶりは異常です」

「就職活動は？」

「やっているわけないです。スーパーで食料品を買い込んで、押しつけて来ましたけど、ちゃんと食べてくれているかどうか……。わたし、心配で仕方ないんです。でも、わたしの言うことなんか聞いてくれそうもなくて」

　喜美代は、ごくりと唾を呑み込んだ。恐れていたことが起きてしまった。調べても調べても、魔法の鏡を調べ尽くせるはずがないように思える。鏡に魂を吸い取られた桜井雅晴は、このままだとやせ細って命を落としてしまうのではないか。

　——秀子のように死んでしまう？

「どうしたんですか？」

　喜美代の懸念《けねん》を、町田は顔色で敏感に察知したようだ。「何か思い当たることでも、おありになるんですか？」

　喜美代が黙っていると、

「彼を助けてあげてください。お願いします」

町田は、胸の前で両手を祈る形に組み合わせて言った。「いま、彼を助けてあげられるのはあなたしかいないんです」

4

町田が書いてくれた地図を見なくても、桜井のアパートはすぐに見つかった。一度、アパートのそばまで彼と来ているのだ。

二階建ての木造の中古アパートである。一階の真ん中が桜井の部屋だった。ブザーを押したが、応答はない。

「桜井君、いる？ 外山です。いるなら開けてちょうだい」

最初は控えめだったが、次第にドアを叩く音は大きくなった。

——いないのかもしれない。出直して来よう。

そう思ったとき、ドアが開かれた。

頰の肉がそげ落ち、まぶたが落ち窪《くぼ》んだ分、目が飛び出して見える桜井の顔が、ひょいと現れた。まるで幽霊のようだった。血の気が感じられない。

「町田さんにあなたのことを聞いて、来てみたの。ずいぶんやせたわね。大丈夫？」

「鏡……のことですね」

声の張りも艶《つや》も失われていた。「すみません。お約束していた日までに返さなくて」

寝食を忘れて生活をしていたわりには、頭の機能は正常に働いているらしい。返却を怠《おこた》ったことを気にしていたようだ。

「それはいいのよ。ううん、よくはないわ。返してもらうけど、でも、いまはあなたの身体のほうが心配ね。ちゃんと食べてるの？」

喜美代は、紙袋を差し出した。手作りのお弁当だ。おにぎりは食べやすいサイズに小さく握った。胃が小さくなっている彼のために、消化のよいおかずを中心に作った。

「すみません」

「町田さん、あなたのことをすごく心配してたわ。わたしの家まで来てくれたの」

「そうですか」

「電話も取らないで、ずっと部屋にこもって何をしていたの？」

「…………」

「鏡の研究？」

「ええ」

「どうだったの？」

「あの鏡に、いろいろ映してみたんです。顔や手だけでなく、背後の景色や文字などを。それで、わかったことがあります。あの鏡には、のぞいた人間とそっくり同じ人間が向き合っている形で映し出されます。背後の景色は、鏡の中の人間が見えたままに映るんです。ぼくが鏡をのぞいたら、鏡の中のもう一人のぼくの視野のとおりに。だから、文字の左右は反転しません。鏡像の視点で景色を見ているってことですね」

「そんな鏡って……」

「あり得ませんし、誰も発明できるはずがありません」

「そのことが……わかったの？」

「はい」

喜美代は、悟りきったような彼の表情がちょっと気になったが、結局、鏡の謎は解明できなかったのだとわかり、安心した。執着心が薄れてくれたほうがいい。

「町田さんにあまり心配かけないことね」

喜美代は、やさしく言った。鏡さえ返してもらえば、あとはもういい。短いあいだだったが、自分を見つめてくれた男である彼に〈楽しい夢を見させてもらった〉と感謝し、寛大な心で釣り合う年齢の若い町田に返してあげよう、と考えたのだ。

「ちょっと待ってください」

桜井は奥に引っ込んで、見憶えのある黒い袋を持って戻った。手鏡の入った巾着袋だ。袋の口を紐で絞《しぼ》って、中身が飛び出ないようにしてある。

「お返しします」

あまりにあっさり返されて、喜美代は戸惑った。

「本当にもういいの？」

「答えは出たんです」

さっぱりした顔で桜井は言った。

「答え？　でも、誰も発明できるはずがない、って……」

「自分の進む道が見えたんです」

彼の目は鋭い輝きを放っている。

「ああ、就職のことね？」

喜美代は、ホッとした。研究しようにもどう研究していいのかわからない。鏡の謎など解けそうにない。魔力の分析は不可能だ。彼はそう悟って、完全に鏡から関心が離れたに違いない。

「よかったわ」

微笑んで、喜美代は言った。本当によかった、憑物が落ちてくれて。手鏡をバッグにしまう。

「それで、どういう方面に？」

その質問には答えずに、桜井は「駅まで一緒に行きませんか？　ぼくも出かけるところだったんです」と言った。「お弁当は冷蔵庫に入れておきます」

「忘れないで、温めて食べてね」

「はい……必ず」

＊

二人は、駅まで肩を並べて歩いた。桜井は、胸板までやせて薄っぺらになっている。

ＪＲの駅の改札口を通り、ホームに出るまで、桜井は喜美代の歩調に合わせてくれた。細い身体は病《や》み上がりの人間のようで痛々しかったが、その目に宿った光の鋭さが、今後の彼の人生の力強い歩みを確信させた。

「あなたはどっち？」

上りの電車か下りの電車か、という意味で喜美代は尋ねた。ホームに人の姿はまばらだ。

「喜美代さんを見送ってから」

桜井は、やさしい笑みを浮かべて言った。

「ごめんなさいね」

「どうして謝るんですか？」

「あんな鏡をあなたに見せたこと、すごく後悔してるのよ。何だかあなたの生気を吸い取ってしまったみたいで」

「そんなふうには全然、思っていません。あの鏡のおかげで進む道がはっきり見えたんですから。逆に感謝しています」

「鏡が決断のきっかけになったの？」

問いながら、喜美代の胸はざわざわした。何か、いや、誰かに似ている。そう、秀子だ。不吉な予感が身体中を巡る。

「そうです。鏡の中の自分と毎日、対話していたんです」

——対話？

ますます秀子に似ている。

「そしたら、見えたんです」

「……何が？」

心臓が激しい鼓動を打ち始める。

「母がです。鏡に、ぼくを産んですぐに死んだ母が映ったんです。とても若くてきれいな母でした」

喜美代は凍りついた。

「母は言いました。透《す》き通るようにやさしい声で。『待っているからおいで』って。その瞬間、ぼくは自分が本当にしたかったことがわかったんです」

「したかったことって、まさか……」

下りの電車がホームに迫ってくる。

「……です」

答えた桜井の言葉は、電車の轟音《ごうおん》にかき消された。

とっさに、喜美代は桜井のほうへ手を伸ばした。が、そこには何もつかむものはなかった。ほとんど同時に、喜美代の視野から桜井の姿がふっと消えた。

誰かのすさまじい悲鳴が上がった。それが自分の悲鳴だと気づいた刹那《せつな》、喜美代は気を失った。

5

「気がつきましたか？」

男の声で目を開けた。自分がどこにいるのかわからない。

「あの人は？」

喜美代は、身体を起こした。固いベッドの上に寝かされていたらしい。枕元にバッグがある。

制服を着ている男性が二人、心配そうに喜美代の顔をのぞきこんでいる。一人は克典くらいの年で、一人は三十歳くらいだ。

じわじわと記憶がよみがえってくる。恐怖のほうは一気によみがえった。

「あの男性ですか？　彼は……」

二人の駅員は、顔を見合わせた。

——電車に飛び込んだのだ。

もうその事実に間違いはないだろう、と喜美代は思った。恐怖と後悔の念が身体の節々《ふしぶし》をぎしぎしと締めつけてくる。

——あの鏡は、彼の欲望を、彼の願望を映し出したんだわ。

桜井雅晴は、赤ん坊のころに死んだ若き母親にたまらなく会いたかったのだろう。その願いが叶って、鏡に母親が映った。そして、彼女は言ったのだ。「待っているからおいで」と。町田によれば、桜井は昔から繊細な神経の持ち主だったという。精神的なバランスを崩しやすい人間だったのだろう。もしかしたら、喜美代と出会ったとき、うつ病にかかりかけていたのかもしれない。ちょうど第一志望の就職先に蹴られて落ち込んでいた時期だった。

——あの鏡は、彼が潜在的に持っていた自殺願望まで引き出した？

そうとしかもはや、考えられなかった。

——桜井雅晴の自殺の原因は、すべてわたしにある。

顔を覆って喜美代は泣きじゃくった。

「お知り合いですか？」

どれくらい泣かせるままにしてくれていたのだろう。しばらくして、年上のほうの駅員が聞いた。

喜美代は、顔を覆っていた手をはなした。当然、他人の目には〈知り合い〉と映っていただろう、と思い込んでいたのだ。が、意識を取り戻した喜美代が桜井の名前を呼ばず、「あの人」と呼んだことで、二人の関係をあやふやなものにしたらしい。

「いえ、でも、電車が来るまですぐそばにいた人なので。ちょっと……道を聞かれましたし」

「驚かれたでしょう。無理もありません。目の前であんな光景を見てしまえばね」

夫より年配の駅員かもしれない。彼は、やさしく慰めるように言った。

——そうだ、他人が見れば、わたしたちの接点なんてまるでつかめないんだわ。

四十一歳の女と二十三歳の男、主婦と大学院生である。

深い悲しみと後悔に沈みながらも、頭の隅で冷静に計算ができる自分自身にこそ、喜美代は驚きを感じた。

「目撃した人の話によると、電車がホームに滑り込んだ途端、いきなり飛び込んだということですよ。まだ若いのに一体、何があったんでしょうね」

駅員が言い、隣で若いほうの駅員もうなずいた。

6

一刻も早く、その駅からは離れたかった。バッグに手鏡を入れた黒い巾着袋がないのに気づいたのは、家に着いてからだった。

——ホームで落としたんだわ。

たぶん、気を失って倒れたときだろう。バッグの口が少し開いていて、落とした衝撃でそこからこぼれ出たのかもしれない。

——どうしよう。

誰かの手に渡ったらどういう事態になるのか。喜美代は、ふたたびすうっと意識が遠のきそうになる感覚の中で、必死に想像した。

落とし物として駅に届けられるだろうか。それとも、拾った誰かがゴミ箱に捨てるだろうか。

いずれにせよ、袋の中身——鏡を第三者が目にするのは間違いない、と思われた。

——あの鏡が誰かの手に渡り、その人物にまた災《わざわ》いをもたらす羽目になったらどうしよう。

二人の人間が死んでいる。

高見秀子と桜井雅晴。

「それなのに、どうしてわたしは生きてるのよ」

寝室のドレッサーの前に座り、喜美代は鏡に向かってつぶやいた。

何の変哲もない鏡だ。右手を挙げると、鏡の中の自分は左手を挙げる。左手を挙げると、彼女は右手を挙げる。すべてのものが左右が逆転したように映る。鏡像を反転させる、ごく普通の鏡だ。

目をつぶり、パッと開けてみる。映り方は変わらない。右手を挙げれば左手が、左手を挙げれば右手が挙がる。

――そうだ、あの鏡は割れたのだ。

もう一度目をつぶると、粉々《こなごな》に割れた鏡の破片がまぶたの奥に散らばった。都合のいい考えかもしれないが、そう思うとわずかだが気持ちが和《やわ》らぐ。割れてしまえば、魔力はなくなると思えた。なぜ、桜井から取り戻したとき、鏡を割らなかったのか。喜美代は、猛烈に後悔した。もしかしたら、鏡を割った時点で、自殺願望に取り憑かれた彼の目を覚ましてあげることができたかもしれないのに。

途方もない喪失感と罪悪感が、渦となって喜美代を包み、思う存分翻弄《ほんろう》した。

＊

まぶたの隙間《すきま》から光が入り込んで、喜美代は顔を上げた。いつのまにか、ドレッサーにつっ伏して眠ってしまったらしい。

「な、何だ、いたのか」

寝室の明かりをつけたのは、克典だった。

「パパ」

ハッとして、喜美代は立ち上がった。壁の時計は、七時を回っている。

「彰は？」

「部活が終わってもう帰ってるぞ。帰ってみたら、誰もいなかったって。お母さんがここにいるなんて思いもしなかったんだろう。いま、下でテレビを見ている」

「そう」

彰が帰って来たことなど少しも気づかずに、深い眠りに陥《おちい》っていたようだ。自分では意識していなかったが、桜井に鏡を預けて以来、鏡のことが気がかりでかなり心労がたまっていたらしい。そう言えば、このところあまり夜も眠れなかったのだ。

しかし、桜井の悽惨《せいさん》な死に直面したあとである。

——ぐっすり眠れるなんて……。

喜美代は、自分の非情さと残酷さ、鈍感さに呆れ返ると同時に、そんな自分が怖くなった。

「ごめんなさい。すぐに夕飯のしたくをするわ」

喜美代は克典の脇をすり抜け、階段を降り始めた。

「喜美代」

克典が呼んだ。

ドキッとして振り返り、夫を仰ぎ見た。

「どうしたんだ？」

「えっ？」

「何だか顔色が悪いからさ」

「そ、そう？」

どぎまぎして、喜美代は火照りそうになる頰の片方に手を当てた。

「このところ、何だかおかしかったぞ。ちょっとやせたみたいだし」

「そうかしら」

「どこか、身体でも悪いのか？」

ううん、とかぶりを振って、喜美代は前を向いた。階段を降りようとするが、膝頭《ひざがしら》が震えて足が踏み出せない。

「パパ」

意を決して、ふたたび振り返る。

息子に形のよく似た眉を寄せた夫がいた。

「わたしを……ずっと見てたの？」

「見てた？」

どういう意味かよくわからん、というふうに夫は首をかしげた。

階段に座り込み、喜美代は両手で顔を覆った。涙があとからあとからあふれ出てきた。

第二部　わたしを見ないで

第一章　反射

1

「今日、ここで飛び込みがあったんだって」

「えっ、イヤだ、死んだの？」

「あたりまえじゃん。電車に飛び込んで死なない人間なんていないよ」

「男？　女？」

「よくわかんない。そのせいで夕方まで乱れてたみたいだよ」

女子学生風の二人の会話を耳にして、嶋村玲子《しまむられいこ》はふと足を止めた。

駅員は数メートル先にいる。

玲子は、駅員の横を通り過ぎた。

駅を出て、手に持っていたそれに視線を落とす。ビロードのように艶《つや》のある黒い巾着袋だ。中身が手鏡だということは、ちらりと引き出してみてわかっていた。引き出したとき、手鏡は裏になっていた。木彫りの模様が息を呑むほど細かい。ひっくり返し、鏡面を表にしようとした瞬間、隣の椅子に人が座ったのであわてて袋に戻してしまったのだ。が、鏡がキラリと輝いたのは視線の隅にとらえられた。

ホームに降り立った途端《とたん》、軽い立ちくらみに襲われた玲子は、ホームに据《す》えつけられている椅子に腰を降ろした。しばらくすると、めまいはおさまった。立ち上がろうとした瞬間、何か黒いものが椅子の下に隠れるようにして落ちているのに気づいたのだった。

——誰かが手鏡を落としたんだわ。

遺失物として、駅員に届けるのが常識だろう。そう思って改札口に向かい、駅員の姿を認めたとき、二人の会話が耳に入ったのだ。

それで、玲子は思い直した。

今日、東十条のこの駅で飛び込み自殺があったという。今日という日は、それだけ駅員やこの駅を利用する人間の記憶に刻《きざ》みつけられる可能性が高い、ということだ。

落とし物を届けた人間は、名前や連絡先を告げなければいけない。玲子は、駅員に自分を必要以上に印象づけたくはなかった。

なぜなら、東十条には、山根要一《やまねよういち》が住んでいる。山根には、妻がいる。東京に単身赴任している山根と玲子とは、人目を忍んで会う仲だった。

週末、山根は、盛岡《もりおか》の実家へ帰る生活をもう一年あまり続けている。都合がつくかぎり、金曜日の夜に盛岡へ帰り、日曜日の夜にこちらに戻って来る。玲子と会えるのは、平日の夜のみだった。

ふだんは、玲子の住む椎名《しいな》町のアパートに山根が来るのだが、今日は、仕事を終えたあと、たまらなく彼の顔が見たくなってつい東十条へ足を向けてしまったのだった。いなければいないで彼が帰宅するまで玄関の前で待っていよう、などと思っていたが、百メートルも歩かないうちに玲子は足を止めた。胸が締めつけられたようになり、息苦しい。

原因はわかっていた。

けさ、かかってきた一本の電話である。起きがけに、玲子の部屋の電話が鳴った。ファックス兼用の電話機には、「非通知」と表示が出た。玲子の電話機は、かけた相手の電話番号が表示される機能がついている。だが、番号を知らせたくない場合は、かけた側が操作できる。警戒して受話器を取ったが、最初、相手は無言だった。

「切りますよ」

声に怒気をこめて宣言すると、相手ははじめて声を出した。

「後ろめたくはないんですか?」

そのひとことで、電話は切られた。

押し殺したような低い女の声だった。

声の主が、山根要一の盛岡にいる妻、山根好恵《よしえ》かどうか判断はつかなかった。玲子は、好恵の声を聞いたことがない。

だが、そのひとことは、玲子をドキリとさせ、行動を抑制するのに充分だった。

——後ろめたくはないか。

それは、つねに玲子自身、自問自答していることであった。

妻のいる男と肉体関係を持つ。それが、後ろめたくないはずがない。玲子は、ごく普通の倫理観を持った両親に育てられている。父には「人の道を踏みはずすな」と教えられ、母には「人に迷惑をかけないように」と教えられた。それらの教えは、当然だと玲子は思ってきた。

短大を卒業して、大手の食品会社に就職した。日本橋《にほんばし》の会社へは、千葉市内の自宅から通った。家には毎月、生活費として二万円入れるだけの気楽なOLだった。が、特別、自分が優雅だとは思わなかった。同じ年頃の似たような〈お気楽OL〉は周囲に大勢いたのだ。ところが、就職して五年目に不幸に見舞われた。父親の知り合いの会社が倒産し、連帯保証人になっていた父親は莫大な借金を背負ったのだ。娘の目から見ても、父親は義理がたい性格だった。結局、持ち家と土地、駐車場を処分し、借金を返す羽目になった。両親は、すでによその地で家庭を築いていた長男のところへころがりこんだ。しかし、玲子まで引き取ってもらうわけにはいかない。

もともと玲子は、十も年の離れた兄とうまが合わなかった。高圧的なところが鼻につくのだ。必然的に、一人暮らしをすることになる。一人暮らしを始めてみると、いままでどれだけ自分が恵まれていたかが、身に沁《し》みてわかった。アパートの家賃が家計を圧迫した。借金はあっても娘の貯金にまでは手をつけなかった両親だったが、その貯金から両親に内緒で兄夫婦に仕送りもしている。兄夫婦が「そうしろ」と強要したわけではない。兄の妻に外で会ったとき、「二人大人が増えると、生活費って思った以上にかかるものなのよね。うちは子供が三人もいるし、決して楽じゃないのよ。借金だって、まだ少し残っているみたいだし」と言われたせいだ。「両親の生活費の足しに」という名目で、毎月、仕送りすることにしたのである。両親に肩身が狭い思いをさせたくないので、「そんなに無理しなくてもいいぞ」と兄が面食らうほどの額を自分から提示してしまった。

給料は高いとは言えない。独身時代に貯めた預金はどんどん目減りしていく。食費を浮かそうとして、退社後に誘われる飲み会はもとより、女子社員恒例の〈親睦ランチ〉にさえ加わるのをやめたので、「つき合いが悪い」と敬遠されがちになった。

心がどんどんやせ衰えていくような感じだった。寂しさを紛らわせたくても、両親に甘えることもできない。兄や兄嫁の顔を見るのが嫌なせいだ。彼らもまた、玲子の訪問を歓迎していないふうだった。

自分の生活を守るために、両親を兄の家で居心地よくさせてあげるために、収入源だけは何としても確保しておかねばならない。玲子は、必死に仕事にしがみついた。早く帰りたがっている同僚がいれば、率先して残業を引き受けた。〈職場の便利屋〉になってもかまわなかった。

寂しさに気が狂いそうになっていたとき、山根要一と出会ったのだ。

半年前のことだ。小さいころから絵を描くことが好きだった玲子の趣味は、休日に好きな画家の個展や美術展を観て歩くことである。デパート内の展覧会ならば入場料はかからない。ところがその日、玲子がどうしても観たいパリの印象派画家展は、渋谷《しぶや》の美術館で開催されていた。ロードショーの映画を一本観るくらいの入場料だ。

――二日分の食費が飛ぶ？

チケット売り場の前で、玲子は迷った。以前は、自分に投資するため、と言って気軽に入れた美術館なのに、千円札二枚を出すかどうかで迷っている自分がひどくみじめに思えた。

そのとき、「チケット、買っちゃいましたか？」と声をかけてきたのが、山根要一だった。

「前売り券が二枚、あるんです。よかったらどうぞ」

「で、でも……」

「誰かと待ち合わせておられるんですか？」

「いいえ、一人です」

「どうせもらいものですから、遠慮なさらずに」

玲子は、あっけにとられながらチケットを受け取った。

会場には別々に入った。展示作品も別々に鑑賞した。しかし、玲子は自分にチケットをくれた〈親切な男〉が気になり、ちらちらと見ていた。男は先に出口に到達し、そこで玲子を振り返り、

「じゃあ」というようにてのひらを立てた。玲子はおじぎをした。男は会場をあとにした。

心暖まるいい話、で終わるはずだった。

ところが、美術展を観終わり、近くのファストフード店でコーヒーを飲んでいたとき、男と再会したのだ。ガラス窓の外を男が通った。男はふっとこちらを見た。二人の視線が絡んだ。男の目に驚きの色が浮かんだ。

店内に入って来た男と、玲子は隣り合って会話を交わすことになったのである。

二人の会話の呼吸がぴったり合っていたせいだろうか。自己紹介や世間話で話が弾《はず》んだあとに、玲子は、ずっと気になっていたことをあまり躊躇せずに聞けた。

「わたし、そんなに物欲しそうに見えましたか？」

「えっ？」

「実は、チケットが高いな、と思って、入ろうかどうしようか迷っていたんです。たまらなく観たい展覧会でしたけど」

「ぼくも、もらわなければ観ませんでしたけどね。印象派は好きですけど」

「自分の身体から何か物欲しそうな気配が漂《ただよ》い出てたら嫌だな、と思ったんです」

玲子は、自分の置かれた境遇をさらりと話すことができた。パラサイト・シングルを楽しんでいた優雅なＯＬから、家庭の事情で兄へ仕送りをする〈困窮ＯＬ〉になったこと。つき合いが悪くなって、休日を過ごすような友達も減ったこと。女子社員の中で孤立ぎみになっていること……。

「ご両親のために仕送りをしているなんて、頭が下がるな。あなたくらいの若い女性がそうそうできることじゃないですよ」

「でも、育ててもらった恩返しだと思ってますから。子供の義務です」

「子供の義務、か」

山根は、うんうん、と何度もうなずき、つぶやくように言った。「ぼくも、そうだな」

「ぼくも？」

「姉がいるんだけど、嫁いでしまって。長男のぼくが盛岡にいる親の面倒を見るのは当然かな、と思ってね。親父が去年亡くなって、いまはおふくろと妻の二人暮らしですよ」

彼が続けた話から、足の悪い母親と母親を介護している妻を盛岡の実家に残して、東京に単身赴任中であることがわかった。いつもは週末に帰宅するのだが、今回は母親が町の福祉施設にショートステイ中で、妻も久しぶりの息抜きに秋田の実家に帰っており留守のため、帰らずにいるのだという。

「お子さんは？」

「いまのところは、まだ……」

彼は言葉を濁《にご》した。

「奥さん、介護で大変ですものね」

玲子は、彼の家の事情を察して言った。夫が赴任を終えてからゆっくり子育てを考える、と彼の妻が考えていたとしても不思議ではない。

「夕飯、一緒に食べませんか？」

何か考え込んでいた山根は、顔を上げ、軽い口調で誘ってきた。「いつも家で食べるんですか？」

「え、ええ、あまり外食はしません。会社へもお弁当を持って行くし」

外で食べてもハンバーガーがせいぜいだ。

「何かうまいもの、ごちそうしますよ」

切り詰めた生活をしている玲子を思いやってか、山根は笑顔で明るく言った。「安くてうまいものならいっぱい知ってますよ」

山根が連れて行ってくれたのは、裏通りにある小さなお好み焼屋だった。六十歳くらいの女性が一人で切り盛りしている。お好み焼ならば、ごちそうされてもさほど気持ちの負担にはならない。玲子には、山根の心遣いがありがたかった。

「ぼくに任せてください」

彼はタネをこねるのから焼いて味つけをするのまで、てきぱきと楽しそうにやった。週の半分は自炊をするので慣れているのだという。

「そのかわり、家に帰るとまったくやりませんけどね。やる気にならない。ほんと、不思議なものですね」

生ビールをジョッキで飲みながら、山根が切り分け、皿に載せてくれたお好み焼を食べた。海の幸がどっさり入っていておいしい。

「ここの女将《おかみ》が海育ちの人でね、ネタにはこだわりがあるんですよ。ほかにもこだわりがあるみたいだけどね」

「つなぎの山芋もすごくおいしいわ」

玲子が配合に興味を示すと、山根は顔見知りになっているらしい女将に声をかけた。愛想のない女将ではあったが、玲子のしつこい質問にうるさがるふうでもなく歯切れよく答えてくれた。隠し味に何を入れればいいかまで、親切に教えてくれたのだ。

「驚きですよ。いつもは、企業秘密だと言って、絶対に教えてくれないことなのに」

女将がほかの客に呼ばれて行ってしまうと、山根は声を落とした。「よっぽどあなたのことが気に入ったんですよ。……何してるんですか？」

「ああ、忘れないようにメモしてるんです」

玲子は、女将が早口で言ったレシピをメモ帳に記していた。「お好み焼なら、ホットプレートさえあれば家で気軽に作れるでしょう？　そしたら、もっと安上がりだし」

「作ってみるとか？」

「ええ、早速《さっそく》」

「おいしくできたら……」

その先の意味に思い当たったらしく、山根は言葉をとぎらせた。

「お知らせします」

食べに来てください、とは言えず、玲子はそう引き取ってぎこちなく微笑んだ。

*

それが、山根要一と知り合ったきっかけだったが、結局、山根は玲子の部屋へ手料理を食べに通う関係になってしまった。

去年の夏。「両親がお世話になっているから」と、兄というより兄嫁に気を遣って、お中元を届けに行った玲子は、ふとした兄嫁の言動から両親が冷遇されていることを知った。露骨にいじめるのではなく、ちょっとした言動に皮肉をこめるのだ。母親は、三人の孫の子守役を命じられてぐったりしており、父親は自分の役割や居場所がないためか、少しボケ始めていた。母親が兄夫婦に痛々しいまでに気兼《きが》ねする姿を見て涙があふれそうになり、玲子は早々に辞去した。たまらなく寂しかった。こらえきれなくなって山根に電話したのは、二日後のことだ。夜遅かったが、山根は黙って玲子の話を聞いてくれた。聞いてもらっただけで、だいぶ玲子の気持ちは落ち着いた。しかし、涙声の玲子が心配になったのだろう。その夜、山根は、玲子を元気づけるためにワインとケーキを持って訪ねて来た。それが、二人が結ばれた最初の夜だった。

あれから半年。外で会うことはほとんどない。突然、山根の妻が訪ねて来るおそれもあるので、山根の部屋には行かないようにしている。玲子の部屋で語り、食事し、お酒を飲み、声が漏《も》れないように静かにセックスする。そうやって、慎重に交際を続けてきた二人であった。

——後ろめたくはないんですか？

電話でそう〈警告〉する人物には思い当たらない。山根の妻以外には。

——もし、彼の奥さんに知れたら……。

不安にかられて、思わず山根のマンションへ足を向けてしまったが、電話をかけたのが山根の妻であれば、夫の不倫に気づいた彼女は直接、盛岡から夫のマンションへ行きかねない。無謀な思いつきだった。

玲子は、冷静に考え直して、きびすを返した。

山根の妻がどういう性格のどういう女なのか、実際のところは少しもわからないのだ。ただ、自分の中にある後ろめたさが彼女を実際以上の〈怖い女〉に作り上げてしまっている。

山根という男は、妻についてはあまり多くを語らないのである。いままで彼の口から聞かされた言葉は、

「おふくろの面倒を実に献身的に見てくれる女だよ」

「親父の最期《さいご》もしっかり看取《みと》ってくれた」

「結婚して十年たっても、わからないところだらけだね」

「ときどき、魔女に見える」

それくらいである。

「魔女に見えるってどういう意味？」

玲子が問い返しても、「うーん、言葉では言い表せないな」と言って、山根は逃げてしまう。

「君といるときは、二人のことだけ考えたい」と矛先《ほこさき》をそらせて。

山根の部屋を訪れることはできなかった。

玲子は椎名町のアパートに帰り、ソファベッドの上に大の字になった。

2

天井を見つめているうちに、拾った手鏡のことを思い出した。東十条駅のホームで拾った手鏡だ。ずいぶんと凝《こ》った手彫りの模様があったように思う。玲子は、急にその鏡が見たくなった。

——悩みがあるときは、鏡と向き合いなさい。

誰の言葉か忘れたが、何かの本で読んだ憶《おぼ》えがある。

通勤用に使っているバッグから黒い巾着袋を取り出した。イヤリングや指輪などの宝石を入れておく布袋のようだ。落とし主は、宝石用の袋を手鏡入れにしていたのだろう。

——普通に考えれば、落としたのは女性よね。

思い入れのある大事なものだとしたら、失《な》くしたことでひどく落胆しているかもしれない。鏡を捨てるという行為は、玲子にはできそうにない。

「鏡や人形は慎重に処分しなくちゃいけないよ。鏡は割ってはだめ。人形の顔は汚してはだめ」

玲子が成人式を迎えるまで生きていた父方の祖母に、なぜかいつも口酸っぱく言われた。それもあって、落ちていた鏡を放っておくのはためらわれたのだ。

――だいぶ日がたってから、駅へ匿名《とくめい》で郵送してもいいんだし。

そう思ったら、ちょっと気が楽になって、玲子は袋から手鏡を引き出すことができた。柄の先が現れた。硬い木に塗《ぬり》が施《ほどこ》してあって、こげ茶色の光沢を放っている。柄――把手《とって》は滑《なめ》らかで模様はない。

すっと引き出し、まず裏面の模様を見た。蔓《つる》が絡まり合ったような複雑な木彫り模様が、びっしり鏡の裏を埋めている。熟練した職人の手によるものだろう。これだけで価値がありそうだ。

鏡を表にし、顔の前に立てた。

何だか自分の顔が変だ、と玲子は思った。わたしって、こんな間が抜けた顔をしていたかしら、という感じだ。玲子は、自分を〈寂しげだが意志の強そうな顔立ち〉だと思っている。友達は「きつそうには見えない。人がよさそうに見えるよ」と言うが、ときどききつい顔立ちに見える。だが、鏡に映った自分は、いつもよりやさしい顔立ちに見えるのだ。

――どこかでこの顔に会ったことがある。

何となく懐かしい気がした。どこで会ったのだろう。小さいころ？　アルバムの中？

「写真？」

思わずひとりごちた。

背筋がゾクゾクッと震えた。

そうだ、写真だ。写真に写った自分の顔がこんなふうに見える。写真を見て、〈ああ、そうよね。わたしって、やっぱり人が言うようにやさしそうに見えるんだ〉と納得することがある。そして、思うのだ。鏡に映った自分と写真に撮った自分の顔って、どこか違うよね、と。

「うそっ！」

指先に震えが伝わり、玲子は手鏡をベッドの上に投げ出した。

荒い呼吸を時間をかけて整える。手鏡に近づく勇気はなかった。

洗面所へ行き、洗面ユニットにはめこまれた鏡に顔を映してみる。いつもの自分がいる。子供のころから、「おまえって、おとなしそうな顔してるけど、本当は違うんだよな。よく見ると、強情《ごうじょう》なところが目元や口元ににじみ出てる」と、ことあるごとに底意地の悪い兄に形容された顔が、そこにはある。

化粧用のコンパクトも取り出して、ふたを開いた。小さな鏡に顔が映る。兄の言う強情そうな顔が、玲子を見つめ返す。

ふと思いついて、右手を挙げた。鏡の中では、左手が挙がる。人さし指にシルバーのデザインリングがはまっている。

――さっきの鏡は、何だったんだろう。

――わたしの見間違いだったのでは？

時間がたつにつれ、冷静さが少しずつ戻ってくる。もう一度確かめる勇気も湧いてきた。

玲子は、おそるおそるベッドに近づいた。手鏡の柄を左手でつかみ、天井を仰いで大きな深呼吸を一つしたのちに、思いきって顔の前に鏡面を突き立てた。

衝撃は受けた。が、今度は、投げ出すようなまねはしなかった。

玲子の右眉は、左の眉よりやや眉尻が下がっているが、鏡の中の自分も右眉が下がっている。左手の人さし指で唇の右側にある小さなホクロを触ってみると、鏡の中の自分も同じように左手の人さし指で唇の右側のホクロに触っている。つまり、左右が逆に映らないのだ。鏡の角度を変え、柄を握った左手首が鏡に映るようにしてみると、信じがたいことだが、拳《こぶし》を作った左手は対角線上に伸びる拳へとつながり、その拳と手首は鏡像の左腕へとつながっている。左腕の上には左肩があり、さらに視線を上げると自分の左顔面がある。

――わたしとわたしが向き合っている？

形としては、まさにそうだ。第三者が自分を見たときに、彼あるいは彼女の視野に映る光景が、そっくりそのまま鏡の中に貼《は》りつけられているようなものだ。玲子が着ているカーディガンの右ポケットに英語のロゴマークが刺繍《ししゅう》されているが、文字は鏡の中で奇妙な形に反転してはいない。背後の本棚に並んだ背表紙の文字も……きれいに読める。時計の数字も……正面から見たのとそっくり同じようにきれいに読める。

――わたしの目がおかしいんじゃない。この鏡がおかしいんだわ。

何度、手鏡を裏返し、数秒を経たのちに表にしてみても、映り方は同じだ。

たっぷり一分は鏡を見つめて、玲子はそれを黒い袋に戻した。息苦しさを覚えて、はじめて無意識に息を止めていたのに気づく。

大変なものを拾ってしまったのが玲子だとすれば、大変なものを落としてしまった誰かがいるということだ。落とし主は、いまごろ、どんなにあわてふためいていることだろう。玲子は、顔のない人間を脳裏に思い描き、頭がくらくらした。

――落とし主は、まさか自殺した人じゃ……。

遅まきながら、推理がそこに及んで、背筋を悪寒《おかん》が這《は》い上った。

自殺を選ぶ人間と魔法の鏡。

二つは、すんなりと結びつく気がした。

――この鏡が持ち主を自殺に導いた？

そうであれば、とてつもなく不吉な鏡ということになる。

玲子は、息を潜《ひそ》めて、いまは黒い巾着袋に納められた鏡を見つめていた。

電話が鳴った。心臓がビクンと跳ね上がる。

——また、朝の電話？

しかし、電話機の液晶画面に表示されたのは、見慣れた番号だった。山根の電話。ただし、携帯電話のほうだ。

「あんまり長くはしゃべれないんだ」

　山根は、低い声で早口で言った。

「外なの？」

「盛岡だよ」

「盛岡？」

「実家の近くにいる。おふくろが肺炎を起こしかけて、入院してしまったんだ。夕方、会社に電話があって急きょ、駆けつけた」

　それでは、あのまま彼の部屋へ行き、帰宅を待っていても会えなかったわけだ。

「お母さんの具合は？」

「病院に運んだのが早かったんで、たいしたことはなさそうだよ」

「よかったわ」

　玲子は言ったが、電話をかけてきた山根の声は、最初から少し沈んでいる。

「……君だったらよかった」

「えっ？」

「最初に君と出会っていたらよかったんだ」

「ど、どうしたの？」

その意味はわかったが、なぜいま彼が緊迫した声で言わねばならないのかがわからず、玲子は面食らった。

「やっぱり、あの女は……魔女だよ」

「……奥さん？」

彼が魔女と呼んだ女は、ほかにはいない。しかし、魔女と呼ぶ理由を玲子に教えてはくれなかったのだ。

「今日、はっきりわかった。うすうすとは感じていたんだけど、頭のどこかで否定しようとしていたんだよ。確かに、女房は親父の面倒もおふくろの面倒も、とてもよく見てくれた。親父が脳梗塞《こうそく》で倒れたときもそうだったし、足の悪いおふくろの介護もよくやってくれている。おふくろも、女房にはすごく感謝してるんだ。『実の娘でもああはいかない』ってね。だけど、たとえば、おふくろと笑いながら楽しそうに話したあと、彼女がおふくろの部屋から出て来る。ドアを閉めた途端、彼女の顔から笑いがサアッと引き、何とも険《けわ》しい顔に切り替わる。たまたまその顔を見てしまったとき、介護疲れの表情というより、何か意志のこもった厳しくて冷たい表情に見えてゾッとしたんだ。そんなことが何度かあった。ぼくには部屋を一歩出たら表情を一変させられる女房という女が、まるで魔女に見えたんだよ。切り替えの素早さに背筋が寒くなった。しかし、彼女には頭が上がらないほど世話になっている。おふくろを彼女一人に押しつけているようなものだからね」

「でも、それは、山根さんがいま東京に単身赴任していて……」

彼は、せっせと一人で稼がねばならない。玲子は山根が可哀そうになって、弁護しようとした。が、即座に遮られた。

「だけど、なかなかできることじゃない。しかも、完璧としか表現できない介護なんだよ。介護されている本人が言うんだから間違いない。彼女の一瞬の表情の切り替わりに、何らかの偽善を感じ取る自分にぼくは自己嫌悪を抱いていたんだ。ところが……今日、はっきりとわかった。彼女が電話で友達と話しているのを立ち聞きしてしまったのさ。あいつはこう言っていた。『どうせ遠くない将来、死ぬ人でしょう？　それまでどれだけ自分が献身的になれるか、演技力を試すのもすごく快感なのよ』ってね。『心の中では、早く死なないかな、って望んでるのよ』ともね。すれ違いざまに頭を殴られたような気がしたよ」

「………」

返す言葉はなかった。山根の妻の〈本性〉を知って驚いたからではない。本性を聞かされてもさほど驚きを感じなかった自分にこそ、玲子は驚いたのである。

「そのあと、ぼくのようすが変だと気づいたんだろうね。彼女のほうから、わりとさばさばした表情で切り出した。『もしかして、電話の話、聞いちゃった？』ってね。ぼくは否定も肯定もしなかった。そしたら、彼女は笑って言った。『あなた、感情が顔に出ちゃうからすぐわかる』。そして、真顔になって、こう続けたんだよ。『心の中でお義母《かあ》さんを疎《うと》んじていて、それが態度に出て露骨にいじめる女と、大嫌いだと思っても完璧な演技で隠し通し、相手に感謝される女と、あなた、どちらがいい？』ってね。ぼくは……情けないことにすぐには答えられなかった。でも、こうやって外に出て冷たい風に当たっているうちに、何をいちばん望んでいるのか、答えが見えてきたんだよ」

――何をいちばん望んでいるの？

内心で、玲子は問うた。

「演技しなくても、自然にやさしさがにじみ出るような女性。自然にふるまえる女性。君のような女性を望んでいたんだ、ってね」

「そ、そんな……」

胸が熱くなると同時に、激しく高鳴り始める。

「彼女が君だったら、どんなによかったか」

それは、君が妻だったら、という意味だ。困惑して、玲子は声を失ったままでいた。

――わたしを買いかぶりすぎよ。

首を横に振る自分がいる。だが、黙っていたほうがいい、彼にそう思わせていたほうがいい、と引き止めるもう一人の自分もいる。玲子は思っていた。自分が彼女の立場ならわからない、と。嫁という立場になってみなければわからない。介護の苦労も実際に介護した者でなければわからない。きれいごとばかりでは済まされないだろう。山根の母親に感謝されるほどの完璧な世話をする自信が、玲子にはなかったのだ。

「ごめん。こんなこと言っても、玲子を困らせるだけだね」

黙り込んだ玲子を思いやって、山根は言った。

「『ついに本音を言っちゃったわ。そんなわたしが許せないのなら、お義母さんに全部話したら？　どう思われるかわからないけど』、妻は淡々とそう言ったよ。ぼくにできるはずない、と承知の上でね。そう、できない。できるもんか。おふくろを悲しませたくはない」

山根にできるはずがないのは、玲子がいちばんよく知っていた。

「奥さんの本音を、知らないままでいたほうがよかったの？」

「それも……わからない。だけど、知ってしまった以上、いままでどおりってわけにはいかないよ。しかし、あいつのほうはそうではないらしい。夫のぼくに対しても、いままでどおり完璧な演技ができるってわけだ。あいつに別れる気はまるでないのは知っている。電話で友達にも話していたよ。『子供なんて産んでも苦労するだけだから、これからは自分に投資して一生、好きなことしてのんびり生きていきたい。お義母さんの土地もあるしね』ってね」

「…………」

「たとえ、おふくろに話したとしても、信じてもらえないだろうね。ぼくのほうがどうかしていると思われる。東京に好きな女でもできたんじゃ、と勘ぐられるかもしれない。あいつは、おふくろには絶対的な信用があるんだよ。実際の娘以上に信頼を置いているし、愛情を注いでいる。だから、養子にする話も進んでいる」

「養子縁組みをするってこと？」

山根の母親の養子になれば、たとえ山根と離婚しても、財産はもらえる。相続税を軽くするために、息子の妻を養子にするという話は、玲子も聞いたことがある。

「やっぱり、おふくろには話せない。死期を早めることにつながりそうで怖いんだよ。このまま仮面夫婦を続ける以外に……」

それは、とりもなおさず、玲子とは一生、夫婦として結ばれないということだ。山根の妻が、突然、交通事故にでも遭《あ》って死なないかぎり。

――死ぬ？

玲子は、自分の思いつきに身体が震えた。

――わたしは、彼の奥さんが死ぬのを望んでいる？

山根に「やさしい女性」と言われた玲子は、朝の電話の件を彼に報告する機会を逸《いっ》した。彼の妻を疑うような女、と思われるのを恐れたのだ。

3

悩みがあるときに向き合う鏡として、なぜ〈魔法の鏡〉を選んでしまったのだろう。鏡の魔力にすがりつきたい気持ちが強かったのかもしれない。

とにかく、電話を終えたいま、玲子はあの手鏡を手にし、自分の顔を映し見ている。深夜のニュースで、東十条の駅で飛び込み自殺を遂げたのは、大学院生の男性、と告げていた。男性が持つような手鏡だとは思えないが、男性が持っておかしいこともない。が、この鏡が自殺した彼が持っていたもの、と決まったわけではない。

「あなたは何を望んでいるの？」

玲子は、〈魔法の鏡〉に映った自分に語りかけた。

もちろん、彼女は答えない。たったいま、自分がしているのと同じ訝《いぶか》しげな表情で、見つめている女――嶋村玲子を見つめ返しているだけだ。

――本当に、わたしは何を望んでいるのだろう。

玲子は、自分の心を見つめてみた。いまの生活をしんどいと思う気持ちは、ずっと引きずっている。二人きりの兄妹だ。家を失った両親の面倒を見るのが兄の義務なら、何らかの手助けをするのが娘である自分の義務だ、と本気で思ってきた。したがって、少なくない額の仕送りを続けている。

だが、正直に言って、このままの生活を続けていくことを考えると、玲子は気が遠くなるのだった。

誰かに助けてほしい。誰かに守られたい。できれば、愛する人にやさしく包まれたい。弱気が頭をもたげたとき、目の前に現れたのがまさに山根要一だった。女心の裏を読み取れない鈍感なところはあるが、正義感や義務感が強く、思いやりのあるやさしい男。

彼と結婚すれば、いまの潤《うるお》いのない苦しい生活から抜け出すことはできる。結婚は、一人で生きていくのがきつすぎる女にとっての救済にもなるのだ。

——救済？

そう、玲子は、誰かが自分を〈困窮生活〉から救い上げてくれるのを待っていたのである。

しかし、不運にも、山根は既婚者だった。いまの妻と離婚するのもむずかしそうだ。今後、山根以上の男は現れないだろう、と玲子は思う。いや、何年か待てば、現れるかもしれない、運がよければ。けれども、もう、これ以上、玲子は待てないのだった。運にかける気もない。

——好きな男に妻がいる。妻は離婚に応じそうもないし、それ以前に彼の母親の存在がネックになって、彼は離婚を切り出せそうにない。彼にしてみても、いまの妻と離婚し、わたしと再婚するほうがずっと幸せだ。わたしはいますぐにでも、彼の子供を産んであげられる。

どんな解決策があるだろうか。玲子は、一生懸命に考えた。

どんなに考えても、玲子の脳裏にはたった一つの解決策しか浮かばなかった。

彼の妻の死によって、すべてが清算されることである。

――毎日、奥さんの死を願い続けていれば、はたして願いが叶《かな》うものだろうか。

よほどの偶然と幸運に助けられなければ、それはあり得ないことに思えた。

――では、どうすればいいのか。

偶然や幸運に頼らないことである。

自分の力ですることだ。自力で。

「奥さんを殺す?」

気がついたら、口に出していた。暖房の余熱が残っているとはいえ、冷えた空気の中で、その言葉はひどく生々《なまなま》しく、そして熱く自分の耳に響いた。

玲子は、手鏡の柄を持っていないほうの右てのひらを、まじまじと見つめた。この手で人を殺《あや》めることができるのか。

包丁を握り、ブスリと相手の腹を刺すのはどう考えてもできそうにない。だが、駅のホームに立っている相手の背中をひょいっと押すことくらいは、〈ひとおもいに〉できそうな気がしてくる。少なくとも、殺し方としてどちらかを選べ、と言われたら、迷わず後者を選ぶだろう。はっきり他殺とわかるような殺し方よりは、事故や自殺に見えるようなそれをわたしは選ぶだろう。

そんなふうに思い描いている自分を玲子は見出した。

——でも、百パーセント、実行には移さない殺害方法よね。

幸せを夢見ているのに、殺人犯になって捕まってしまっては終わりだ。よっぽど幸運に恵まれでもしないかぎり、完全犯罪などできるわけがないのだ。突き落とすところや、逃げるところを、誰にも見られないという保証はない。

「透明人間にでもなれれば別だけどね。そしたら、誰にも見られないし」

ふたたび声に出してしまい、突飛《とっぴ》な発想に玲子は笑った。鏡の概念を覆すような〈魔法の鏡〉に出会ってしまったせいか、正常な思考ができなくなっているようだ。

「透明人間が無理なら、自分とそっくりな人間を用意するとかね」

鏡の中で、玲子の唇が動く。

「わたしがもう一人いれば、アリバイ作りに役立つもの。そうでしょう?」

唇の動きを止めると、静寂が部屋を襲った。

第二章　投影

1

節約のために暖房を止めた部屋で、手鏡をのぞきこみながら、身じろぎもせずに物騒《ぶっそう》なことを考えていたせいでもないだろうが、翌朝、玲子は重い頭で目覚めた。悪寒がしている。喉も痛い。

ベッドを出ると、足下がふらついた。風邪をひいたのかもしれない。

熱を測ると、案の定、三十八度近くあった。これでは、とても会社には行けそうにない。食欲もなかった。

温かい紅茶にレモン果汁の粉末を溶かして飲み、買い置きしてあった風邪薬を飲んだ。一日中、エアコンをつけていたのでは電気代が上がる。使い捨てカイロを背中と腰に入れて、それを暖房がわりにする。熱を下げるためには、氷ではなく、額に貼る冷たいシートを使った。

目覚まし時計を八時五十分に合わせておいて、ひと眠りした。

針を合わせた時間に音楽が鳴って起きる。頭の重さは相変わらずだ。

玲子は、受話器に手を伸ばした。会社に電話して、欠勤する旨《むね》を伝えなければいけない。女子社員たちには「有給も取らないで、一人だけいい子ぶっちゃってさ」と、白い目で見られがちな玲子だが、上司には「なかなか休まないので、いつでもあてにできる」と評判はいい。総合職でもない玲子は、丈夫で勤務態度がまじめなだけが取り柄である。休むことで評価が下がると思うと、気が重い。「風邪をひいたので休ませていただきます」と伝えたら、両者でどう反応が違うだろう、などとちらりと想像した。

九時ちょうどに自分の部署の内線に電話をかけた。

その時間であれば、自分か一年後輩の女子社員、棚田綾子《たなだあやこ》のいずれかがいつも電話を受ける。

「はい、サクラ・フーズ、営業二課です」

一度呼び出し音が鳴っただけで、はきはきした女性の声が応じた。

棚田綾子の声ではない。隣の課に来ている派遣社員の声だろうか。早い周期で顔ぶれが変わる彼女たちの声までは、はっきりと憶えていないが、どこかで聞いたことのある声だ。

「あの、嶋村ですけど、二課の嶋村玲子です」

ひりひりする喉から声を振り絞るようにして、玲子は言った。自分でも驚くほど声がかれていた。起きてから誰とも話していないので——一人暮らしだから当然だが——、いま気づいたのだ。

「嶋村は……わたしです」

警戒心がこもったような声で、だが、きっぱりと〈彼女〉は言い返した。

「わたし、って……？」

「どんなご用ですか？」

「お休み……ではないんですか？」

心臓に楔《くさび》を打ち込まれたほどの衝撃を受け、一時的に判断力が鈍《にぶ》っていたのだろう。玲子は、バカみたいな質問を口にしていた。

「いいえ、わたしに何かご用ですか？」

毅然《きぜん》とした口調に怒気が含まれている。からかわないで、と言いたげな口調だ。誰かに似ている。

なじみのある声で、なじみのある口調。

――こういう言い方は、いつも、わ、た、し、がしている。

そう気づいた瞬間、玲子は、電話機のフックボタンを押していた。

――わたしが出社している？

全身の毛穴が開き、腕から首筋まで皮膚がザザッと粟立《あわだ》つのを感じた。さっき聞いた声は、紛れもなく自分の声だ。いや、正確に言えば、留守番電話のテープに吹き込んだ自分の声に酷似《こくじ》していた。自分の声を、電話という機械を通して聞いたときのやや人工的な響きのする声だ。

しかし、自分が出社しているはずがない。玲子は、いまここにいるのだから。

しばらく待ってみて、もう一度、今度は隣の部署に電話をしてみた。勤勉な玲子が出社していないと知った時点で、誰かが玲子の声色《こわいろ》をまねていたずらした、という可能性も考えられないではない。

「サクラ・フーズ、営業一課です」

たぶん、派遣社員の女性の声だろう、やや甘えたような声が応じた。

「二課の嶋村さん、いらっしゃいますか？　嶋村……玲子さんです」

声色を変えなくとも、風邪で声がかれているので、玲子本人だとは気づかないようだ。もっとも、ふだん、それほど会話をする間柄ではない。

「嶋村ですか、ええっと……失礼ですが、どちらさまですか？」

基本マニュアルどおりに、彼女は名前を問う。

「高橋《たかはし》といいます」

玲子は、名前のあとに取引先の会社名を言い添えた。

「ミスズ加工の高橋さまですね。ちょっとお待ちください」

保留にせずに送話口を手で押さえたのだろう、「嶋村さーん」と彼女が〈嶋村〉を呼んだ声が、くぐもってはいたがはっきりと聞き取れた。

――〈嶋村〉はいるのだ。

〈嶋村〉に替わった声を聞くのが恐ろしくて、玲子は電話を切った。

自分の課ばかりか、隣の課までもグルになって自分を騙《だま》している、とは考えがたい。

――やっぱり、嶋村玲子、わたしはいるんだわ。

耳にした声は、風邪をひいてかれてもいない、いつもの自分の声だった。健康な自分が、健康な姿で出社しているということか。

熱のせいで、自分は幻覚を見たり、幻聴を聞いたりしているだけではないのか。

玲子は、ひどく混乱した。

ふと、山根に相談してみよう、と思った。相談するのは彼しかいない。

だが、彼に電話をかけて、いきなり「わたしは風邪で休んでいるっていうのに、もう一人の自分が、ちゃんと出勤していたのよ」と言ったら、彼はどう反応するだろう。「何言ってるんだよ。熱で頭がおかしくなってるんじゃないのか？」と笑われるに違いない。

第一、昨夜、盛岡にいた彼だ。けさもまだ東京には戻っていないかもしれない。妻のことで悩みを抱えている彼に、心配の種を増やしたくはなかった。いや、まともに心配してくれるような内容の相談ならば、まだいい。冗談としか受け取られない内容の相談では、「こんな取り込んだときに冗談なんか」と彼に嫌われてしまうかもしれない。

結局、誰にも相談することはできない、相談してもとても信用してもらえないだろう、という結論に落ち着いた。

彼女——もう一人の嶋村玲子が、仕事を終えるまでじりじりしながら待つしかない。

とにかく、早く熱を下げ、体調を整えて出社することだ。本物の自分が。

水分を取り、体力をつけるために鍋でおかゆを作って、無理して食べた。手を動かしていると、ある一つの考えが空を覆い尽くす黒い雲のように脳裏にじわじわと広がっていった。

——異変が起きたのは、あの鏡を拾ってからだ。

昨夜、じっくり眺めたその手鏡は、袋に入れたままにしてある。

——鏡像の左右が逆にならない魔法の鏡。鏡に向かって切々と、黒々とした願望を訴えた自分。そこから生まれたもう一人のわたし。

ストーリーがきれいにつながった。

玲子の目は、手鏡を入れた黒い巾着袋に釘《くぎ》づけになった。何度も生唾を呑み込まねばならないほどの、喉を締めつけるような不吉な予感が腹の底から立ち上ってくる。

その予感が当たっていれば、まもなく玲子は、ある光景を目にするはずだ。そのときに呑み込む唾が、はたして自分の口腔《こうこう》に残っているだろうか。

玲子は、冷たく震える指先で袋の口を絞っている紐を緩めた。

そして、手鏡の柄をつかみ、一気にそれを引き出した。

2

翌日も玲子は会社を休んだ。熱は下がるどころか、五分近く上がってしまった。今度は、会社に電話をかけなかった。無断欠勤を叱る電話がかかってくればいい、と切実に願った。だが、一本の電話もかかってはこなかった。

外出する勇気は湧かない。

――いま、わたしはこの部屋に閉じこもったままでいなくてはいけない。一歩も外へ出てはいけないのだ。

必死に、自分の胸に言い聞かせていた。

なぜなら、もう一人の自分――嶋村玲子が〈活動中〉だからだ。彼女は鏡の中から抜け出し、涼しい顔で会社へ行き、当然のように仕事をしている。

昨日、鏡が自分の顔を映し出さないという信じられない光景に出会った玲子は、自分の歯がガチガチ鳴るのを生まれてはじめて経験した。

――いつ、彼女は戻って来るのだろう。

玲子は熱があるのも忘れ、鏡をテーブルの上に本を使って立てかけて、涙目になりそうになりながら、凝視し続けたのだった。

しかし、〈彼女〉が戻って来る場面はついに見ることができなかった。まぶたが重くなり、眠ってしまったせいだ。気がついて目を開けると、腫《は》れぼったい目をした素顔の自分が鏡の中に映っていた。

「いつ……帰って来たのよ」

〈偽者《にせもの》〉相手におじけづいてはいけない。玲子は、声が震えないように低い声を絞り出した。が、鏡の中の自分も、怯《おび》えと疑いが混ざったようなまなざしで相手——つまり、自分を見つめているだけだ。

「会社はどうだったの？　わたしを完璧に演じたってわけ？　誰にも疑われなかったの？」

玲子はたたみかけたが、〈彼女〉は何も答えない。

そして、翌朝、睡眠作用のある風邪薬のせいで朦朧《もうろう》とした状態で目が覚めると、〈彼女〉はふたたび、鏡の中から忽然《こつぜん》と姿を消していたというわけだ。

その日も、知らぬまに——たぶん、玲子がうとうとしていたあいだに——〈彼女〉は鏡の中に戻って来ていた。

そんな不思議な体験に翻弄《ほんろう》されて、熱がすんなり下がるわけがない。結局、平熱になったのは、風邪をひいて三日目の土曜日の朝だった。

鏡を見ると、〈彼女〉はいた。

3

月曜日の夜、玲子の部屋の玄関チャイムが鳴った。

「ぼくです」

インターフォンから流れてきたのは、山根の声だ。事前に電話をせずにいきなり訪ねて来たのははじめてだった。

人目につきたくないので、いつもはドアを開けるなり、アパートの通路にいる山根を部屋に引きずり込むようにする玲子だが、このときは膨《ふく》れ上がる違和感に支配されたようになり、彼をぽかんと見つめたままでいた。

「買って来たよ」

山根は、腕に抱えた紙袋に視線を落とし、笑顔で言った。

「ワインとフランスパン。生ハムも買ったよ。ミネストローネ、ごちそうしてくれるんだったね」

――ミネストローネ？

作れないことはないが、そんな約束をした憶えは、玲子にはない。

「どうした？」

黙ったままの玲子を見て、山根はようやく眉をひそめた。

――病《や》み上がりなの。

普通ならそう答えるべきなのだろうが、そう答えてはいけない、と玲子は直感した。

普通では……ない。原因は、〈彼女〉以外に考えられない。

――もう一人のわたしが、彼に会った？

玲子は、息を呑んだ。

「具合でも悪いの？」

「えっ？　あっ、ううん」

我に返り、玲子は山根を部屋に招き入れた。逃げるように冷蔵庫のところへ行く。野菜室を開けると、玉ねぎとにんじんとじゃがいもは入っていた。だが、ベーコンがない。おまけに、トマトの水煮缶も買い置きしていない。ミネストローネなど作るつもりはなかったのだから、用意してなくて当然なのだが。

――いつ、会ったのだろう。

そのとき、〈彼女〉は今晩、家で一緒に食事をすることを約束したのか。野菜とベーコンとスパゲッティくらいしか使わないミネストローネとは、実に庶民的なメニューである。ビーフシチューでないところがいい。

――わたしの知らないところで、よくもそんな勝手な行動を……。

得体の知れない恐怖と戸惑いに、腹立たしさや苛立ちといったひどく現実的で明確な感情が混ざる。

「ごめんなさい。ミネストローネはやめましょう。冷凍ピザならあるけど」

振り返ると、テーブルに紙袋から引き出したワインを置いた山根が、顔を曇らせて立っていた。

「こちらこそごめん。無理させちゃったみたいだね」

「えっ？」

「料理なんか作る気になれないのはわかるよ」

「できるわ。ただ、いまは……」

熱が下がってからも身体のだるさが続いていて、昨日の日曜日も最低限の買い物しかして来なかった。今日は今日で、会社に出てみんなの反応を確かめるのに神経をすり減らし、ぐったり疲れて帰って来た。まだ本調子ではない。山根とは水曜日あたりに……と考えていたのだ。

「あのときは、本当に嬉しかった」

山根はそう言って、まっすぐに玲子を見つめた。

——あのとき？

〈彼女〉が本物の自分を差し置いて、彼に会ったときのことだろう。

「盛岡から疲れて帰ってみたら、君が待っていてくれた」

やっぱり、そうだ。〈彼女〉は勝手に、東十条の山根のマンションを訪れたのだ。玲子は、うわっ、と叫びたくなるのを抑えて、ワインの瓶《びん》の口をぐいとつかんだ。

「飲みましょうよ」

アルコールでも飲まないと、頭がどうかなりそうだった。

チーズとフランスパンをスライスして、生ハムと一緒に大皿に並べる。冷凍ピザを解凍して、テーブルに載せる。手を動かしているあいだ、自分の知らない時間の〈彼女〉の動向をどう探ればいいのか、必死に考え巡らせた。会社へは普通に出勤した。ひょっとしたら、「もう、風邪は治った?」と誰か一人くらいは声をかけてくれるかもしれない、などと怖くて淡い期待をしたが、誰も話しかけてはこなかった。

いちばん反応が気になったのが、営業一課にいる派遣社員だった。胸に「下川《しもかわ》」と名札をつけたその女性は、玲子が呼び止めると、ササッと走って来て「何ですか?」と小首をかしげた。愛想だけはいい子なのだ。

「木曜だったか、ミスズ加工の高橋さんからそちらのほうへ電話があったわよね」

その電話は、玲子自身がかけたものだ。

「あ……ああ、ありましたね。どうしてこっちにきたんだか。『ちょっとお待ちください』と言って嶋村さんを呼んだのに、嶋村さんが出たら切れてたやつですよね。もしかして……何かトラブッたんですか?」

下川は、上目遣いに玲子を見た。

「ううん、トラブルなんて起きなかったのよ」

「そうですよね。だって、嶋村さん、そのあとすぐに折り返し、電話してましたものね」

下川はホッとした顔をしたが、「あの……何かわたしの応対、気になったんですか？」と、ふたたび上目遣いになって聞いた。

玲子は、あわてて否定した。〈彼女〉が、いつも玲子がそうしているように、ごく普通に仕事をこなしたであろうことは、玲子そっくりの字で〈彼女〉が書いた伝票や、ファイリングの仕方、書類の書き方などを見れば想像できた。

自席に戻りかけて、下川は振り返った。いたずらっぽい笑顔を浮かべていた。

「嶋村さん、好きな人でもできたんですか？」

「えっ？」

「いえ、別に、ちらとそう思ったもので。だって、嶋村さん、何だか変わった気がするから」

「変わった？」

「〈親睦ランチ〉に出たじゃないですか。みんな、『すごく久しぶりだ』って言ってましたよ」

玲子は、呆然とした。〈彼女〉――もう一人のわたしは、壮大なる愚痴のこぼし合いと無駄遣いにすぎない〈親睦ランチ〉に出たという。

玲子は、このときはじめて〈彼女〉に対し、敵意に近い感情を抱いたのだった。財布の中身は一円も減っていなかった。〈彼女〉は、コーヒーを含めて一食千五百円はするランチ代をどう捻《ひね》り出したのだろうか。誰かにおごってもらったのか、借りたのか、それとも〈鏡の国〉から財布でも借りて来たのか。細かな点を想像すると、頭が混乱ぎみになって頭痛がした。わかっているのは、自分とそっくりの自分が、風邪で休んだ自分のかわりに出勤したという事実だ。それこそ、〈鏡の国〉から抜け出たようにそっくりの自分が。

「あのとき、何だか君はすごく可愛かった。いつもは、弱味なんか見せない、って顔をしてるのにさ」

いまもまた、山根が、玲子自身と〈鏡の国〉から抜け出た〈彼女〉との違いを口にする。

「弱音なんか吐かない、そういう女だと思っていたから、あのとき急に抱きつかれて……」

——抱きつかれて？

〈彼女〉は、山根のマンションの前で彼の帰宅を待ち構えていて、いきなり抱きついたのだという。「寂しいの」とでも言って、たっぷり甘えたのだろうか。

少なくとも、玲子は次のことだけはわかった。もう一人のわたし——〈彼女〉は、嶋村玲子の延長線上の行動をとりはするが、本物の嶋村玲子がとてもとりそうにない行動もときとしてとりかねない、ということだ。

——〈彼女〉は爆弾と同じだわ。

玲子は、そう思った。しかし、爆弾は紛れもなく一つの力である。使い方によっては、強い味方になる。

ワインを飲み、食事をしながら、玲子は山根から〈彼女〉の行動を慎重に少しずつ聞き出した。

山根の話でわかったことは、こうだった。――二人が山根のマンションで結ばれたのは、その夜がはじめてだった。帰る前に二人はディープキスを交わした。玲子は、山根の肩にもたれかかって言った。「次は月曜日に会いましょう。ミネストローネを作って待ってるから。週末は、わたし、一人でじっくりあれこれ考えるわ。将来のことも含めて、ね」

「玲子には、いつもすまない気持ちでいっぱいなんだ」

赤ワインを飲んで、山根は言った。「こんな宙ぶらりんな状態に君を置いておくのは、男として卑怯だ、と思っているよ。できることなら、将来を約束したい。玲子を幸せにしてやりたい」

――いいのよ、無理しなくても。わたしはいまのままで、充分、幸せなの。

いつもの玲子なら、身体を縮こまらせるようにして言う彼が気の毒になって、そう言葉を返したであろう。

だが、〈彼女〉なら、そんな言い方は絶対にしないに違いない。自分の目を盗んで山根と会った〈彼女〉への対抗意識が、玲子を黙らせた。

手鏡は、洗面所の棚にしまってあった。だが、山根に手鏡のことを言うつもりはなかった。〈彼女〉の存在を知る前であれば、あるいは話したかもしれない。おかしな映り方をするへんてこな鏡として。だが、鏡からもう一人の自分が抜け出すことを知ってしまった以上、それは玲子だけの大きな秘密と化した。利用価値のある秘密だ。

ワインを一本、二人できれいにあけた。

「わかってるよ」

ふだんは酒に強い山根だが、珍しく酔いが回ったらしい。ひとりごとのようにつぶやくと、立ち上がった。

——何がわかってるの？

玲子が問い返す前に、山根は言葉を継いだ。

「おあずけだってのは当然だよな」

「……………」

「ぼくは自分勝手に考えすぎてた」

「どういう……」

「もしかしたら、この三月で任期が終わるかもしれないんだ。それまでにははっきりさせるよ」

そう言って玲子の頬にキスをし、山根は帰って行った。彼の後ろ姿が消えてから、玲子は彼の言葉の意味を理解した。

〈彼女〉は、山根の前で強い態度に出たのだろう。可愛らしくすねてみせる女を演じたに違いない。

――あなたが奥さんとのことをはっきりさせるまで、わたしを抱くのはやめて。しばらく会わないでおきましょう。

〈彼女〉はどういう言い方をしたのだろう。玲子は、もう一人の自分が山根に厳しい決断を突きつける姿を想像した。

4

それから、手鏡に秘められた魔力を研究する日々が続いた。

手鏡に映る自分を、玲子は「鏡子《きょうこ》」と名づけて呼んだ。そのほうが、〈彼女〉も人格を持ちやすいと思ったのだ。もしかしたら、自分の前にその実体を現してくれるかもしれない。

朝、起きると、手鏡を取り上げて「鏡子さん、おはよう」と、夜、寝るときは「鏡子さん、おやすみ」と挨拶をした。どんなときにも語りかけた。まるで、同じ部屋に暮らしているルームメイトに語りかけるように。

図書館に行き、鏡について当たれるかぎりの文献に当たってもみた。どんな本を読んでも、鏡像が反転しない鏡が地球上のどこかに現れたなどという記述は見当たらなかった。

魔力と思わず、ただの〈特殊な鏡〉と割りきって考えてみては、と思い、その〈特殊な鏡の普通の機能〉について、段階を追って調べることもした。

たとえば、こんなふうにだ。

「鏡子さん、わたしはちょっと買い物に出たいの。お留守番、しててくれるかしら」

そう鏡子に言って、手鏡を持ったまま買い物に行く。自分の顔が鏡に映らなければ、鏡子は鏡を抜け出ていることになる。

しかし、外出しているあいだ、頻繁《ひんぱん》にのぞいてみたが、玲子の顔はそのたびにきちんきちんと映し出された。

何回か、同じように試してみたが、鏡子が〈留守番〉を引き受けてくれそうな気配はなかった。

——留守番をする、という機能はこの鏡にはないのだ。

玲子は、そう結論を出した。残念な結論ではあった。なぜなら、鏡子に〈自宅にいる〉というアリバイ作りをさせておいて、そのあいだに自分が行動を起こす、という計画が立てられないからである。

次の段階に進む。鏡子は玲子のかわりに留守番はできないが、玲子のかわりに行動は起こせる。それは、玲子が会社を休んだときにかわりに出勤してくれた事実でわかっている。鏡子の行動の範囲を知りたかった。

念のため、もう一度、会社を欠勤してみた。今度は、ズル休みだ。

結果は、前回と同じだった。会社から欠勤を確認するような電話はこなかったし、翌日、出勤しても、「昨日はどうしたの？」と聞く人間は一人もいなかった。ちゃんと仕事をした形跡も残っていた。鏡子は、まじめにそつなく仕事をこなしていたようだった。そして、今回は、会社帰りにいきなり山根のマンションへ行ってしまうような衝動的な行動はとらなかった。山根に電話して、それとなく確認してわかったことだ。同僚の女子社員にも、不審に思われないように慎重に確かめたところ、なんと鏡子は弁当を持参したという。より本物の玲子に近づいているということではないか。

――鏡子は、わたしのかわりに留守番以外の行動をしてくれる。少なくとも、会社には行ってくれる。

それは、もう間違いがなさそうだった。

いよいよ、鏡子の行動の範囲を知るための実験である。

「鏡子さん、わたしのかわりに買い物に行ってくれる？　そうね、駅前のパン屋さんでロールパンを買って来て」

明瞭な言葉で具体的に指示し、手鏡を手にじっくり待ってみた。

だが、どんなに時間が経過しても、鏡子は〈鏡の国〉から抜け出しはしない。

「銀行のキャッシュコーナーで一万円おろして来て」とか、「本屋で週刊誌を立ち読みして来て」とか、目的を買い物以外のものに変えてみても、鏡子は行動を起こそうとはしなかった。

――会社以外の場所へは行けないのだろうか。

思わず「役立たず！」などと鏡に向かって罵倒《ばとう》しそうになるのをこらえて、玲子は鏡子の前では笑顔を保ち続けた。こちらの機嫌がよければ、言うことを聞いてくれそうな気がしたのだ。

――だけど、鏡子は、会社以外の場所へも行っているじゃないの。

山根のところだ。

どこへは行けて、どこへは行けないのか。あらゆるケースを検討してみたかったが、そんな時間の余裕はなかったし、気が遠くなりそうだった。

その後も幾度か試したが、結果が同じと判明するに至って、玲子はここでも結論を出した。

――鏡子には、わたしのかわりに行ける場所と行けない場所がある。

行ける場所には、共通点があるのではないか、と玲子は考えたのだ。いや、場所に共通点があるわけではないのかもしれない。そのときの、玲子自身の心理状態に共通点があるのでは……。

玲子は、根気よく思い返してみた。まず、わたしは会社を休みたくない、と思っている。自分の評価が下がり、リストラなどにつながって仕事を失うことをひどく恐れているからだ。

そして、あのとき……。玲子は、たまらなく山根に会いたかった。盛岡からの電話で、山根はこう言った。「最初に君と出会っていたらよかったんだ」と。人目を忍んで会う不倫関係を後ろめたく思っていた玲子に、はじめて山根は結婚の可能性をほのめかした。それで、玲子は「たった一つの障害さえ取り除けば彼と結婚できる」と、多大なる期待を抱いてしまったのだ。翌日、風邪をひかなければ、彼に会いに飛んで行ったかもしれない。

――二つのケースに共通する点は、わたし自身が心の底から強く望んだという点？

そこに行き着いた。スーパーへ行ってキャベツを買いたい、本屋へ行って週刊誌を買いたい、という程度の願望ではだめなのだ。切実に、強く強く望まなければ。

――この鏡は、わたしの心の奥の奥を読めるのかもしれない。

そして、心の奥底に沈んでいる欲望や願望を、すうっと引き出して映し出し、叶えてくれるのだ。

いちばん最初に叶えてくれたのは、もう一人の自分を産み出してほしい、という願いだ。もちろん、玲子は、こんな状態――鏡に映った自分が一定の条件にしたがって自分のかわりに行動する――を明確に望んでいたわけではない。文字どおり、もう一人、自分にそっくりな人間がいたらいいな、と単純に望んだだけだった。テレビドラマで見たことがある。街で見かけた自分とそっくりの人間を連れて来て、報酬を与えるかわりに殺人を依頼する、というやつだ。現実には、双子でもなければ、自分にそっくりな人間など存在するわけがない、と誰もが承知している。しかし、不思議な鏡ゆえに、玲子は期待をかけたのである。思い自体も非常に強かった。翌日、熱を出すほどに。

玲子は、鏡の中の自分――鏡子に聞いてみた。

「あなたは、わたしの願いを叶えてくれるの？」

だが、鏡子の唇は、玲子が動かしたとおりにしか動かない。鏡子もまた、どうかわたしの願いを叶えてほしい、とまるで物乞《ものご》いするような表情で玲子を見つめ返している。

「鏡子さん、あなたが生まれたのは、わたしがあることを強く望んだからでしょう？　わたしの最終的な目的は、残念だけどあなたじゃないわ。あなたは、最終的な目的を遂げるための手段にすぎないの。でも、最強の手段で最強の道具、そう、最強兵器でもあるのよ」

鏡子を怒らせるのではないか、と不安になりながら、努めて冷静な口調で玲子は言った。こちらが本音でぶつからなければ、鏡子は行動を起こしてくれない。そして、わかりやすい言葉で具体的に説明しなければ。

「わたしの最終目的が何か、あなたにはわかるでしょう？　だって、あなたはわたし自身でもあるんだもの」

いよいよ、それを口にする瞬間が近づいていた。心臓がドキドキする。

深呼吸を一つして、玲子は口を開いた。

「お願い。わたしのかわりに、山根さんの奥さん、山根好恵を殺してちょうだい」

第三章　鏡面

1

洗面所へ行き、個室に入ると、玲子は制服のポケットから手鏡の入った袋を取り出した。今日も社員食堂にも外にも行かず、自分の席で持参した弁当を食べ終えたところだ。

鏡を引き出し、顔の前に持ってくる。

女の顔が映った。玲子と思えば玲子の、鏡子と思えば鏡子の顔が。

大きな吐息が漏れた。安堵の吐息なのか、失望の吐息なのか、自分でもよくわからなかった。

——お願い、山根好恵を殺して。

鏡に向かって声を出して願い続けて、もうひと月あまりがたつ。心の中で強く念じても、それが鏡子の心に届くと証明されたわけではない。声に出さなければ、鏡子に伝わらない気がしたのだ。実際、以前、玲子の願いを叶えてくれたときは、玲子がひとりごちたあとだった。

一か月のあいだ、鏡子が鏡から抜け出すことは一度もなかった。いや、眠っているあいだのことはわからない。正確には一度もなかった、とは言えないのだが、少なくとも、玲子の周辺で異変は起きていない。たとえば、夜中に鏡子が何らかの行動を起こせば、どこからか反応があるだろうと思われる。ところが、まったく何の反応もないのだ。

鏡子の動向が気になるせいか、最近は睡眠も浅い。二時間おきくらいに目が覚めてしまう。そして、目が覚めるたびに、枕元に置いた鏡をのぞきこんでみるが、そこには寝ぼけまなこの自分――鏡子が映っているだけなのだ。

二時間では、東京から盛岡へ行き、山根好恵を殺害してふたたび東京へ戻って来るのは、絶対に不可能だ。

鏡子は鏡から抜け出はするが、幽霊や超能力者ではない。玲子の分身とも言えるもう一人の玲子だ。したがって、瞬時に空間を移動することも、壁を通り抜けたりすることもできない。ごく普通の人間がするようにしか行動できないのだ。普通に考えれば、新幹線に乗って盛岡へ行き、帰りもまた新幹線に乗るだろう。

――できれば、わたしのアリバイがしっかり確保できるとき、たとえば、会社にいるときに実行してくれればいいのだけど。

玲子はそう思って、自分の都合のよい時間帯を鏡子に教え続けてきた。くれぐれも人に見られないように慎重にね。危ないと思ったら、計画を中止して、次のチャンスを待って。

しかし、鏡子は一向に実行に移そうとはしない。

――やっぱり、そんなバカなことが起きるはずないじゃないの。

いままでに自分が見たもの、出会ったものがすべて幻《まぼろし》だったのではないか、と玲子は思い始めていた。あれは、一時的に、鏡子が気まぐれを起こして仕掛けてみた〈いたずら〉だったのかもしれない、と。もう一度、会社を休んでみようか、とも考えた。今度また、玲子のかわりに出勤してくれたら、鏡子という存在は、〈会社をズル休みしたい人のための便利な身がわり鏡像〉にしかすぎないことになる。

鏡子には、それだけの〈機能〉とか〈性能〉しかなかったのかもしれない。ひと月もたつと、諦めの気持ちが強くなってきた。かえって、いま、鏡子に気まぐれを起こされるほうが怖い、とも思った。

しかし、相変わらず、この鏡は、左右を反転させて映さない。それだけは事実である。どんな学者に見せても、驚愕するのに間違いはないのだ。

「ねえ、鏡子さん、あなたはいつ実行してくれるの？」

玲子は、小さな声で鏡に語りかけた。淡々と語りかけるたびに、良心の呵責《かしやく》が薄れていくのを感じる。〈自分の手を汚さずに人を殺すことができる〉というチャンスを得た人間は、良心が麻痺してしまうのかもしれない。

「もう待てないわ。山根さんだって、三月末までにははっきりさせるようなことを言ってたけど、具体的にどうするあてもないのはわかってるのよ。やさしいから、わたしを励ますような言葉をかけてくれただけ。……ううん、別に、彼が優柔不断とかずるいわけじゃないのよ。本当よ。解決法は荒っぽいけど、あれしかないの」

そこまで言って、さらに声を落とした。

「山根好恵を殺すことしか、ね」

良心が麻痺しているとは言っても、殺す、という生々しい言葉を口にするたびに、心臓が跳ね上がる。だが、このとき、玲子の心臓はいつもの倍、跳ね上がった。

ドアの外で、二人の女が話す声がしたのだ。一人は、同じ課の棚田綾子だ。もう一人は……

と、息を潜《ひそ》めたとき、

「誰かいるの？」

ドアが叩かれた。

玲子は、ギクッとした。部長秘書の岡聡子《おかさとこ》の声だ。三十代後半。俗に言う〈お局《つぼね》さま〉的存在の女子社員である。

その必要はないのに水を流し、深呼吸をして玲子はドアを開けた。

「嶋村さんだったんですか」

棚田綾子が、拍子抜けしたような顔で言った。「何か、中で声がするから変だな、と思って」

「携帯、使ってたんじゃないの？」

岡聡子が眉をひそめた。

「わたし、携帯電話は持っていません」

「じゃあ、誰と話してたの？」

「別に……」

「ひとりごと？」

岡聡子は、顎を上げぎみにして聞いた。はっきりと皮肉が含まれていた。

「一人暮らしって、ひとりごとが多くなるっていうけど、会社のトイレでも、となると問題よね。カウンセリングでも受けたほうがいいんじゃない？」

「………」

「最近、トイレの回数が多いみたいだし」

隣で棚田綾子がハッとした顔になり、あわてて手をひらひらさせた。

「ち、違いますよ。わたしじゃありません。わたし、そんなこと、言ってません」

自分が〈お局さま〉に告げ口したんじゃない、という意味だろう。玲子は、短い時間で計算した。岡聡子に睨《にら》まれたくはない。ただでさえつき合いが悪い、とうわさされている玲子である。

「そうですね。まだ一人暮らしに慣れていないのかもしれません。寂しくて、ついひとりごとを言う習慣がついてしまったみたいです」

棚田綾子と岡聡子は、同じように眉を寄せて顔を見合わせた。

へたに説明せずに、ひとりごとで済ませてしまったほうがいい、と考えたのだ。

「岡さん。今度、一人暮らしのストレス解消法を教えてください」

そう言って頭を下げ、玲子は水道のところへ行った。岡聡子は、一人暮らしのベテランである。下手に出たふりをして、皮肉をぶつけたのだ。そんな玲子なりのストレス発散をしなければ、本当に頭が変になりそうだった。

自席に戻ってしばらくすると、今度は、「ちょっと、嶋村さん」と、大きな声で窓側の課長に呼ばれた。必要以上に大きな声を出すので有名な課長だ。玲子は彼が苦手だった。生理的に好きになれないのだ。額が後退しているだけならまだ我慢できるのだが、額のだいぶ前のところに取り残されたようにモヤモヤ生えている数本の産毛《うぶげ》が気になって仕方ない。課長代理から課長に昇進して一年。そのうち平気になるだろう、と思っていたが、永遠にだめそうだ。

見かけはのんびり屋だが、実際は気が短い。呼ばれて十秒で駆けつけないと機嫌が悪い。

「はい」

立ち上がろうとしたとき、机の引き出しの把手《とって》に何かが引っ掛かった。ポケットからのぞいた黒い巾着袋の紐だ。急いでポケットに突っ込んだので、紐が緩んだままになっていたらしい。紐に引っ張り上げられて、袋はすっかり顔をのぞかせた。玲子が前かがみになった拍子に、それは椅子の上に落ちた。衝撃で鏡がするりと袋から滑り出た。座布団がクッションになって、割れはしない。

玲子は、ドキッとした。立ち上がった自分の顔や身体の一部が映ってもいい位置なのに、それは天井の蛍光灯を映し出しているだけなのだ。

——鏡子が消えた？

すっかり映ってもおかしくない位置に、顔をずらした。が、やはり顔の一部分さえ映らない。

——いなくなった。とうとう、開始したんだわ。

喉の奥が渇《かわ》いてひりひりした。

「嶋村さん！」

何ぐずぐずしてるんだ、と言いたそうに課長が怒鳴った。

あわてて鏡をポケットに入れ、課長席へ行く。たいした用事ではなかった。伝票の数字の確認だ。

課長から解放されると、すぐにでも洗面所へ行きたくなった。鏡を見たくてたまらない。だが、さっきのようなことがある。どこで女子社員の目が光っているかわからないのだ。鏡をのぞくのも慎重に行なわなければ、岡聡子あたりに「あなた、そんなに自分の顔が気になるの？　ずいぶんナルシストね」などと、皮肉を言われかねない。それより要注意なのは、同じ課の棚田綾子かもしれない。ついさっきも、課長に呼ばれてすぐに行動を起こさなかった玲子に、斜め前の席から訝しげなまなざしを注いでいた。

落ち着かない気分で仕事を進めていたが、幸運なことに、三十分ほどすると、ふたたび課長に呼ばれた。今度は、届け物をしてほしい、と言う。願ったり叶ったりだった。

コートをはおるために更衣室へ行く。就業中だから当然だが、更衣室には誰もいない。ロッカーの扉に隠れて、震える指で鏡を取り出す。

玲子の顔は映らない。

鏡子はいない。

「ようやく、重い腰を上げてくれたのね」

その鏡子本人が不在だというのに、玲子は小さく声に出して言った。おかしな話だが、鏡子はいなくとも、彼女の影のようなものは残っているかもしれない、と思えたのだ。

「がんばってね。気をつけてね」

指定された会社に届け物をして戻って来たのは、一時間後だった。十分おきくらいに、玲子は鏡をのぞいた。万が一、自分の顔が映れば、鏡子が戻ったことになる。その場合は、断じて盛岡になど行っていないということだ。ふらりとどこかへ遊びに出ただけなのだ。

――でも、そんなはずないわよね。

玲子は、不安になる自分を励ました。鏡子は、玲子が心底、願ったことしか叶えてはくれないのだから。

三時を少し回ったころに課の女子社員がお茶をいれるのが、職場の習慣になっている。二十一世紀に入ってなお続くお茶汲《く》み。古い習慣だとは我ながら思うが、総合職でもない女子社員には

「やめましょう」と言い出す勇気はない。

今日は棚田綾子の番だった。が、玲子は、パソコンの前に座っていた棚田綾子に「わたしがするわ」と言って、給湯室へ向かった。なるべく一人になれる場所を得たい。

そこでも、鏡を取り出してちらりと見た。やはり、鏡子は消えたままだ。ホッとする。〈遠方〉へ出かけたのは間違いない、と確信した。彼女が行く先は、盛岡の山根好恵のところしか考えられない。

怪しまれないように慎重に鏡を〈点検〉しながら、終業時間がくるのを焦《じ》れる思いで待った。

幸い、今日は、残業にはなりそうにない。残業を頼まれる気配もない。

いまこの瞬間、鏡子がどのあたりにいるかわからないが、玲子が会社にいるのは紛れもない事実である。

――わたしのアリバイは完璧だわ。

玲子は、頬が緩みそうになるのをこらえた。

五時半に終業チャイムが鳴るなり、席を立った。棚田綾子はどこかへ飲みにでも行くのか、隣の課の男子社員と話している。「お先に失礼します」と、誰にともなく声をかけて、席のすぐ横の扉を開けた。ホールに出てエレベーターに乗るより、内階段を使ったほうが更衣室までは早く行ける。階段を文字どおり、駆け降りた。

心臓の鼓動が次第に速くなる。

ついに、そのときがきたのだ。この一か月、自分からは山根に電話しなかった。鏡子が「しばらく会わないでおきましょう」という意味の決意を突きつけたせいか、山根が玲子のアパートを訪ねて来ることもなかった。電話は何度かきたが、玲子の体調を気遣うような言葉を投げたあと、決まって「三月末までにはきちんとするよ」と結んで、短い会話で終わらせるのだった。

——決行記念に、ワインでも買って行こう。

〈すべてが落ち着いて〉から、山根と乾杯するために。奮発して、銀座のデパートに寄ることにした。清水《きよみず》の舞台から飛び降りるような気持ちで買った三千五百円のワインを手に、冷たい風が頬を突き刺す街に出た。銀座の夕方から夜にかけては、いつも賑《にぎ》やかだ。

ふと、通りの向こうを、自分と同じ黄色いマフラーをつけた女性が歩いているのが目に入った。コートも同じ茶色だ。

——鏡子?

ハッと胸をつかれて、玲子は駆け出した。が、すぐに彼女の姿は人混みに紛れてしまった。信号が青に変わるのを待って通りを渡り、鏡子に似た女がいたあたりを捜す。しばらく捜し歩いたが、黄色いマフラーに茶色いコート姿の女は見当たらなかった。

——鏡子がこんなところにいるはずないじゃないの。

玲子は、笑いたい気分になって、かぶりを振った。東京から盛岡まで新幹線で、早くとも三時間はかかる。鏡子が消えたのが一時半ころだった。それから東京駅まで行ったとしても、乗れた列車は二時台のだろう。それから山根好恵のところへ行き、計画を実行したとしても、帰宅するのは今晩遅くなってからだろう。

だが、それは、すべて順調にいって、の話である。

――もし、途中で何か予期せぬ事態が起きたら。

鏡子は、玲子本人より度胸がありそうな女ではあるが、万能ではない。もちろん、特殊な能力はあるかもしれない。玲子のかわりに出勤してくれたとき、〈親睦ランチ〉代をどこからか捻出している。あとで、それとなく部の女子社員に聞いてみたが、誰かに借りたのではないようだった。もともと鏡子の存在そのものが、科学的には説明のつかない存在なのだが、そのことについては玲子は自分なりに推理し、納得していた。――たぶん、〈鏡の国〉から調達できたのだろう、と。鏡に映った玲子の財布を、鏡の中に転写することができるのかもしれない。

しかし、鏡子に、予期せぬ事態に機敏に対応できる能力が、完璧に備わっているとは思えない。

玲子は、急に不安になってきた。今日は計画を諦めて、どこかへ泊まって、明日、決行するという可能性だって考えられる。

――わたしは、夜通し、自分のアリバイを確保する必要があるのでは……。

そう思ったら、いまこの瞬間も、誰かに注目されていなければいけないような焦燥《しょうそう》感に襲われた。

とりあえず、交差点の近くのファストフードの店に入り、コーヒーを飲んだ。コーヒー一杯のレシートも、貴重なアリバイ証明に役立つ。

エスプレッソを飲みながら、自分の計画に手落ちはなかったか、じっくり思い返してみた。山根の実家の住所と地図は、何度も鏡子に見せて覚えさせた——と信じている。考えられるかぎりのケースを鏡子の前で語り、そのときはどうすればいいかを教えた。

「顔をはっきり見られないように、移動中はサングラスをかけるのよ。一種の変装だけどね」

そう言って、自分の持っているサングラスを鏡に映して見せた。鏡子は上手に、そのサングラスをあちら——〈鏡の国〉に取り込んでくれただろうか。

「それから、あまり目立つ服装もしないでね。ああ、黄色いマフラーなんかもってのほかよ」

遅まきながら、そう指示したのを思い出して、玲子はため息をついた。やっぱり、さっき街角で見かけた女性は鏡子ではなかったのだ。

凶器は、あえて指示しなかった。そんな場面はあり得ないとは思ったが、「もし、山根好恵が駅のホームに立っていたら、まわりをよく見て、誰も見ていない瞬間を狙《ねら》って後ろから突き落としなさい。なるべく、手を汚さない殺し方のほうがあなただっていいでしょう?」と教えたし、「でも、大丈夫。たとえ、見られてしまったとしても、ためらわずに逃げればいいのよ。なぜなら、わたしはちゃんと東京にいるんだもの。影のあなたがどんなことをしても、わたしは絶対に疑われない」とも言って、鏡子に与えるプレッシャー——そんなものがあるとすれば——を軽減してあげた。

もちろん、「その場に山根さんがいたら、即、中止してね。山根さんに見られてもだめよ。山根好恵が一人でいるときを狙って」と、念を押しておくのも忘れなかった。

「山根さんのお母さんは、寝たきりで家にいるから大丈夫よ。退院したことは、山根さんに確認してわかってるの」

そんなことも忘れずに言っておいた。

山根が当分、週末にしか帰省しない予定であることも、同時に確認していた。

――とにかく、今晩のアリバイを確保しなくては。

玲子の脳裏に、ある考えが閃《ひらめ》いた。

2

三軒目の店で、見知った顔を二つ見つけた。のれんに「割烹《かっぽう》」とあるこぢんまりとした和食の店だ。

岡聡子と派遣社員の下川だった。カウンターに並んで座っている。

「おっ、珍しい。嶋村さん、どうしたの？」

滑り戸が開く音でこちらを見た岡聡子が、目を見開き、はしゃいだ声を上げた。

「はい、一人です」

「じゃあ、加わんなよ」

「はい」

手前の下川の隣の椅子が空いている。そこへ向かいかけると、下川がするすると椅子を下りた。

「すみません、じゃあ、わたしはこれで失礼させていただきます。どうもごちそうさまでした」

ブランドもののバッグとコートを手に、ぺこんと頭を下げる。

「おいおい、帰るのか？」

岡聡子が凄《すご》みをきかせたような声で言う。

「嶋村さんにバトンタッチさせてもらいます。うち、母親がいま、風邪で寝込んでるんです。早く帰ってあげないと」

風のように素早くコートを着て、下川は「じゃあ、嶋村さん、お願いしまーす」と、語尾を伸ばして入口へ向かった。入口で振り返り、「どうもごちそうさまでした」とふたたび頭を下げて出て行った。

逃げたんだわ、と玲子は思った。岡聡子の酒癖の悪さは有名である。本人の耳に入らないのが不思議なくらいだが、耳に入っていても、本人にはどうしようもないのかもしれない。酒を飲んで暴れるというのではない。誰か一人をつかまえて、延々と説教し続ける癖があるのだ。酒がある程度入ると、わざと男っぽい口調になるのも彼女の特徴だった。どんなに飲んでも翌日はケロリとして出社するというから、ときどきそうやってストレスを発散させることで心のバランスを保っているつもりなのかもしれない。

下川が岡聡子にからまれていたのは、想像できた。玲子の出現が下川を救ったのだ。

しかし、いまは、酒癖の悪いそんな岡聡子の存在が、玲子には救いの神さまほどにありがたかった。

歩き回ったので、足が痛い。喉も渇いている。

「とりあえず、ビール、いきな」

岡聡子がグラスに注いでくれたビールを、お近づきの印にグイッと飲み干した。そう、これからお近づきになるのだから……。

――この店を選んで、正解だったわ。

冷えたビールとともに満足感も一緒に喉を下りていった。かつて、玲子が〈優雅なパラサイトOL〉だった時代、上司や同僚に連れて来られた店だった。同じ部の人がよく行きそうな店を選んでのぞいて回ったが、どこにも知った顔はなく、三軒目のここでようやく岡聡子に出会えたというわけだ。

「ホント、珍しいじゃないの」

岡聡子は、玲子の口元を見て言った。飲みっぷりがいい新しい連れができて、上機嫌のようだ。彼女は、グラスに入った日本酒の冷やを飲んでいる。氷を浮かべた飲み方が、いかにも常連っぽい。

「たまにこういうとこ、一人で入るの？」

「いえ」

「じゃあ、どうしたの、今日は」

「岡さんにお会いできるかな、と思って」

「あら、わたしに？　嬉しいけど、困っちゃうな」

岡聡子は、おどけたように首をすくめた。

「一人暮らしに慣れるには、まずこういうところに一人で入ることから始めよう、と思い立ったんです。一人で飲み屋さんに入れる女性って、大人って感じがしませんか？　岡さんは、服のセンスもいいし、華道も茶道もたしなんでいらっしゃるっていうし、でも、反面、とても活動的ですし。スキーなんかもお上手なんですって？　すごくすてきな大人の女って雰囲気で、わたし、前からあこがれていたんですよ」

歯の浮くようなお世辞を言うと、岡聡子は「照れちまうなあ」と言い、オヤジのように大げさなそぶりで頭をかいた。

「早速、今晩、岡さんに一人暮らしのアドバイスをいただこうと思ったんです」

「そうなのか。いいよ、何でも教えてあげるよ。って、たいしたことは教えられないけど」

岡聡子は、飲み慣れた手つきで大きめの氷の浮かんだグラスに口をつけた。玲子のアリバイ作りに自分が利用されているなどとは、夢にも思ってはいないのだろう。

「岡さんて会社にいるときと全然、雰囲気が違うんですね。すごくリラックスしていると言うか、きさくと言うか……」

玲子が言いかけると、

「そりゃそうよ」

素《す》っ頓狂《とんきよう》な声で、岡聡子は遮った。「会社は緊張して仕事するところよ。緩んでたら、やってられないじゃない」

「そうですよね」

「だけどさ、そのことをわかっていない人がいるから困るのよ。増えてるのよ、最近」

岡聡子の声は低くなった。早くも説教モードに入りかけたようだ。「嶋村さん、あなた、いくつになった？」

わたしに説教の矛先《ほこさき》が向けられたのか。玲子は、ドキッとして「今年、二十七になります」と言った。

「二十七、か。じゃあ、さっきの下川友香《ゆか》より二つか三つ、上なわけか。まあね、三十なんてあっというまだよ」

「そうかもしれません。ちょっと怖いです」

岡聡子が何を言いたいのかわからず、だが上機嫌なのにホッとして、玲子は話を合わせた。

「さっきもね、下川友香に言い聞かせてやってたんだよ。あんた、いつまでも派遣でチヤホヤされていると思ったら大間違いだよ、ってね」

やっぱり、下川相手に説教をしていたのだ。下川はたまらず、玲子が現れたのを、これ幸い、とばかりに逃げ出したに違いない。

「最近の子って、最初からラクしようとばかり考えてると思わない？　わたしたちのころは、はじめはとにかくどこかへ就職しようって目の色変えて、就職活動してたもんだよ。それが、いまの子たちって、はじめから派遣でいい、なんて。会社に安く使い捨てられてる現実なんて、全然わかってないんだから。そりゃ、実力があればいいよ。だけど、下川友香ったら、別に何もないじゃない。若さと愛敬《あいきよう》だけ。パラサイトしてるから、給料はすべてこづかい。ブランドものにすべて消える。そんな享楽的な生活ができるのはいまだけ。それがわかってないんだよ、あいつには。いまから地道に貯めておくことの大切さを教えてあげたのにさ」

「あれで結構、貯めてるんじゃないですか」

「結婚資金に？」

ふん、と鼻の先で笑って、「そんなの意味ないよ」とかぶりを振る。「自分に投資することの大切さに気づかなくちゃだめだよね」

「自分に投資する?」

「ブランドものに使うお金があったら、半分は何か習いごとに使うとかね」

「そう言えば、岡さん、華道と茶道は師範クラスだとか」

「まあね。いつ何があっても、一つくらいは教えられるものがあったほうがいいからね」

「それに比べたら、わたしなんて……」

「あなた、つき合ってる人、いないの?」

突然、聞かれ、玲子は戸惑った。

「い、いません」

「ホント?」

「はい。誰か紹介してください」

「紹介するくらいなら、わたしがつき合うわよ。だけど、不思議ね。わりとモテそうなのにね、あなた」

岡聡子が突っ込んで聞いてこなかったので、玲子はホッとした。鏡子が計画を実行するあいだ、自分のアリバイ確保に専念しているときである。職場の中に、玲子と山根の不倫関係に気づいている者がいたとしたら、まずいことになる。「後ろめたくはないんですか?」と電話をしてきたのは、山根好恵だと思い込んでいたが、二人のデート現場を見た職場の女性という可能性も考えられるのだ。山根がどこの誰か、調べればわからないことはない。

「わたしなんか、全然モテませんよ。大体、男の人に人気があるのは、棚田さんみたいなタイプだし」

それとなく同僚の名前を出して、自分の男性関係のうわさが具体的になっているかどうか探ってみる。

「棚田綾子？　まさか」

フルネームで棚田を呼んで、ダメダメというふうに岡聡子は首を横に振った。

「あんな口の軽い子は、ダメだってば。男だって、あいつの本性くらい見抜くよ。……ああ、見抜かないか。男って、彼女みたいな甘ったれたのに弱いから」

「棚田さん、口が軽いんですか？」

トイレでのできごとでわかってはいたが、自分に関するうわさをより深く探るために聞いた。

「軽い軽い、ポップコーンより、空気より軽い」

岡聡子の悪口のターゲットとして、棚田綾子が選ばれた。

 それから、岡聡子の舌は一段と滑らかになった。口紅のはげた彼女の厚い唇から発せられる罵《ば》

詈《り》雑言《ぞうごん》の数々を、玲子はひたすら聞く役に徹した。彼女のターゲットはころころと変わった。

〈よくそんなに職場の情報に通じているものだな〉と感心するくらい、彼女はよく知っていた。

「一昨年まで管理課に来てた派遣の子、××さんとできてたんだよ」などという不倫関係のうわさも出て、玲子はドキリとした。が、玲子自身に関するものは、「わたしたちとはつき合えない、

ってお高くとまってるんだよ」という程度のうさわしか広まっていないようだった。

――山根好恵が殺されて、警察に夫の交友関係を調べられても、わたしに行き着くことはなさそうだわ。

玲子は、そう思って安心した。もっとも、それ以前に、山根自身に疑いがかかるような事態が起きるはずがないのだが。なぜなら、山根はいま、東京にいるだろうから。自分の計画を山根に話すことはできなかった。したがって、山根のアリバイまで確保する余裕はなかったのだ。「今晩、なるべく人と会っていてね」と言えば、「どうして？」と不審に思われてしまう。

しかし、まず、山根の身辺に捜査の手は及ばないだろう、と玲子は楽観していた。妻が殺されたとなればいちおう夫も疑われるだろうから、刑事に当日の行動を聞かれはするだろう。だが、裏付けが取れればすぐに彼の疑いは晴れる。たとえ、一人暮らしの彼のアリバイを証明する人間が現れなかったとしても、東京と盛岡を往復した、という形跡さえ残っていなければいいのだから。

「どう？　あなたも日本酒にしない？」

ビールを一本あけた玲子に岡聡子は言い、ふと視線を玲子の足下に落とした。そこには、デパートの紙袋がある。

「それ、何？」

「ワインです」

「ちょっといい？」

岡聡子は、紙袋からワインの入った細長い袋を引き上げ、勝手に袋を破ってしまった。

「マルゴーじゃないの」

「え、ええ。ボルドーです」

「シャトーがつけば目の玉が飛び出るほど高いけど、つかなくても結構、するだろ？」

「はい、三千円ちょっと」

「やっぱり、恋人がいるんじゃないか」

「いません」

うそを見抜かれそうな気がして、玲子は顔を赤らめた。

「一人で飲むワインじゃないよ。わたしだって、ふだんは千円もしないワインだもの。これは、特別なときに飲むって感じだね」

「自分のため、です」

「自分のため？」

「我ながらよくやっている、そう思えたとき、自分へのご褒美《ほうび》にちょっと奮発してワインを買うんです。わたしみたいな特技のない女は、そう……半年、皆勤したときとか」

「そうだね。あなた、無遅刻無欠勤だものね」

一笑に付されるかと思ったら、まじめな顔で岡聡子が言った。彼女は、しばらくシャトーのつかないマルゴーのボトルを見つめていたが、「よし、飲もう」と威勢よく声を張り上げた。「これから、わたしの家へ行こう」

「岡さんの？」

何年か前に、部内の女子社員ではじめてローンを組んでマンションを買ったという岡聡子だが、どこにあるのか玲子は知らなかった。

「三軒茶屋《さんげんぢゃや》の２ＬＤＫ。何なら泊まってもいいよ」

「で、でも……」

岡聡子と顔をつき合わせて飲んだのは、今日がはじめてだ。それで、泊まらせてもらうなんて図々《ずうずう》しくはないか、と気後《きおく》れしたが、一方でまたとないチャンスだ、とも計算した。彼女の家に泊めてもらえば、それが夜通しのアリバイになる。

「ああ、お着替え、心配してんの？」

「そういうわけじゃ……」

「大丈夫だって。今日と同じ服着てたって、コートで隠れるからわかりゃしないよ。更衣室が混まない時間に行けばいいんだし。さっと制服に着替えちゃえばいいんだよ」

二日続けて同じ服を着て行くと、「男のところに泊まったか、男とホテルにでも行ったのでは」とうわさされる危険にさらされるのは、ＯＬの常識である。

「下着なら貸してあげるよ。おろしてないの、あるしさ」

「そんなのはいいんです」

「よくないよ」

岡聡子は笑った。淫靡《いんび》な笑いに見えて、玲子は背中がゾクッとした。

「もっとも、いまは、そのへんのコンビニでも売ってるしさ」

「じゃあ、お言葉に甘えてお邪魔します」

玲子は応じ、心の中で小さなため息をついた。こんな状況でなければ、決して岡聡子の自宅には行かなかっただろうな、と思った。

3

岡聡子の城——2LDKのマンションは、想像したより広くて新しく、しかもしゃれていた。通された部屋のインテリアもなかなかシックにまとまっていて、センスのよさが感じられたが、ドアノブやテーブルや椅子の脚《あし》すべてがフリルのついた真っ赤なカバーでくるまれていたのが、ひどく気色悪かった。大人のセンスと少女趣味。そのアンバランスさが、岡聡子の人間性を表しているように玲子には思えた。
岡聡子は、閉口《へいこう》するほど酒が強かった。玲子が買ったワインをあけた上に、さらに冷蔵庫に入っていた缶ビールを出して来た。

玲子のほうは、完全に酔っ払ってしまうわけにはいかない。つがれたワインやビールを、岡聡子がトイレに立ったすきにシンクに流した。テレビをつけて、ニュースを観たかった。だが、この部屋の主がテレビをつけようとはしないので、頼むのも気が引けた。

——鏡子は、うまくやってのけただろうか。

——それとも、今回は中止しただろうか。

岡聡子の目を盗んで手鏡をのぞいたが、まだ鏡子は戻って来てはいない。

自宅に来てからも、岡聡子は、社内で拾ったうわさ話の類を延々と展開した。過去のものあり、現在進行形のものありだった。いちいちうなずいたり、彼女を喜ばせるために大げさに驚いてみせるのにも限界がきていた。

ところが、時計の針が十二時を示すと、「さて、寝ようか」と岡聡子は腰を上げたのだ。

「わたし、シンデレラタイムに寝る習慣は崩さないのよ」

和室に布団を敷いたところが、玲子の寝室になった。岡聡子は、玲子のために男もののブルーのパジャマを貸してくれた。新品だった。なぜこんなものが用意してあるのか、聞くのが恐ろしくて、玲子は黙ってありがたく使わせてもらった。

目が冴《さ》えて眠れないはずの夜なのに、酒豪の岡聡子につき合って飲んでしまったアルコールのせいか、玲子はすぐに眠りに落ちた。

しかし、眠りそのものは浅かった。

夢に鏡子が現れた。

「山根好恵を殺してくれたの？」

玲子が聞くと、鏡子はこくりとうなずく。だが、玲子には、自分自身がうなずいただけのように思えるのだった。夢では、自分の顔をもう一人の自分が正面から見つめている光景がよく現れる。

「本当に？　いつ？　どうやって？　誰にも見られなかった？」

質問をたたみかけても、鏡子は答えない。

次の場面では、鏡子は玲子の部屋の中にいた。掃除機をかけたと思ったら、台所へ行って料理を始めた。

ごく自然にふるまう鏡子の姿を、玲子はぼんやりと眺めている。そう、ぼんやりとしている、視界が。どこからか差し込む淡い光のせいだ。このまぶしさは何だろう。ふと、手を伸ばしてみて、ハッとした。目の前に透明な壁、仕切りがある。

——ここはどこだろう。

訝っていると、料理の手を止めた鏡子がキッと振り返り、こちらに向かって来た。玲子の目の前に立ち、手で前髪の乱れを直し始める。エプロンのポケットから口紅を取り出して、おもむろに唇に塗り出す。真剣な顔つき。目に宿る陶酔の色。鏡を見ているときの目つきだ。

次の瞬間、玲子は自分がどこにいるのかわかった。

鏡の中だ。

「ここから出して」

玲子は、透明な壁を力いっぱい叩いたが、その向こうにいる鏡子は何の反応も示さない。顔の角度をあれこれ変えて、うっとりと自分の顔を見つめているだけだ。

「わたしが嶋村玲子よ。わたしが本物、あなたはわたしの影じゃないの!」

叫んでも、鏡子の耳には届かない。

喉に熱い痛みを覚えて跳ね起きた。即座に、枕元の手鏡を手に取る。

鏡子は帰って来ていた。ちゃんと、鏡の向こうにおさまっている。自分の居場所をちゃんと心得ているのだ。

「山根好恵を殺してくれたの?」

玲子が尋ねると、現実の鏡子の首は縦にも横にも動かない。

かわりに、玲子がうなずいた。すると、当然ながら鏡子もうなずく。

岡聡子はすでに起きていた。シャワーを浴びたらしく、鼻歌混じりにドライヤーを使う音が洗面所から聞こえてくる。その鼻歌がやけに古い曲だった。七〇年代のグループサウンズのヒット曲だ。

「おはよう。ご機嫌、いかが? あなたもシャワー、使いなさいよ」

頭をタオルで包み、いつものハキハキした優雅な口調で、岡聡子は出て来た。あれだけ飲んだのに二日酔いなどまったく関係ない、といった涼しい顔だ。この女は化け物かもしれない、と玲子は思った。

朝刊もすでにダイニングテーブルに置いてあった。玲子は、着替えのために岡聰子が寝室に入ったのを見届けて、もどかしい思いで朝刊を広げた。社会面のどこにも「盛岡」の二文字は見当たらなかった。

――たとえ、殺人が起きたとしても、記事が朝刊には間に合わなかったんだわ。

しかも、地方で起きた殺人事件である。

しかし、鏡子が今回は計画を中止して、〈手ぶら〉で戻ったという可能性も考えられる。

いずれにせよ、近いうちにどちらであるかが判明するだろう。

玲子は、岡聰子と一緒に朝食をとったあと、連れ立って出勤した。会社では、岡聰子は、昨夜、玲子を自分の家に泊めたことなど忘れたように、いままでどおりよそよそしくふるまった。

4

山根好恵が殺害されたと玲子がわかったのは、その日の夜のことだ。夕刊にも出たし、ニュースでも流れた。ただし、遺体が発見されたのは、その日の午前中だった。

同居している山根要一の母親によると、山根好恵は昨日の夕方、電話で何者かに呼び出されたという。山根好恵の絞殺死体が発見されたのは、「あそこでは遊ばないように」と親たちが子供たちに注意しているという裏山のようなところだった。凶器は見つかっていないという。殺されたのは、昨日の午後、五時から八時のあいだらしい。

玲子は、山根から電話がくるのを待った。

「大変なことが起きたんだよ」とうわずった声で切り出すのか、「驚かないでくれ」と言って、自分の興奮をまず鎮《しず》めようとするのか……。山根の最初の反応を玲子は想像した。

だが、朝までとうとう電話はかかってこなかった。朝になったら、こちらからかけよう、と玲子は考えていた。奥さんが殺されたとわかった途端、山根に電話したのでは、無意識のうちに喜びが声に表れてしまう気がしたし、第一、山根のほうが取り込み中だと思ったのだ。警察に呼び出されて、東京にはすでにいないかもしれない。

ところが、朝のニュースを聞いた玲子は愕然とした。

「——盛岡の主婦、山根好恵さんが殺害された事件で、岩手県警と盛岡西署は、事件当時から行方不明になっている夫の山根要一さんが事件に関係しているものと見て、行方を追っています」

第四章　鏡裏

1

今日は土曜日で、会社は休みだ。それだけが不幸中の幸いのように、玲子には感じられた。

玲子は、ひたすら家にいて、山根から電話がかかってくるのを待った。〈地獄耳の〉岡聡子の耳にも、玲子と山根のうわさはちらりとも届いていないのである。警察が、山根の交際相手としてすぐに玲子をマークするとは思えない。

――山根さんは、必ずわたしに助けを求めてくるはずだわ。

そう玲子は考えた。山根はいつから会社を休んでいるのか、警察はどこまで彼を疑っているのか……。くわしいことを知りたかったが、山根の会社や東京の自宅マンションに電話をするのは危険すぎる。そちらのほうは、警察が張り込んでいる可能性が充分、考えられる。

昼前にようやく山根から電話があった。

「ぼくです」

山根は、名乗らなかった。「警察は……」

「大丈夫よ。こっちには誰もいないわ。いまどこ？　どこから電話してるの？」

声の感じからして、携帯電話ではない。

「公衆電話だよ。携帯は使えそうにないんだ。いまいるのは……」

場所を言いかけたが、山根は言う気をなくしたらしく、ため息をついた。次に絞り出した声は震えていた。

「大変なことになってしまった。もう知ってるよね？」

「わかってるわ」

玲子の声も震えた。「あなたが殺したんじゃないことはわかってるの。わかりすぎるくらい、わかってるのよ」

「玲子……」

「あなたは殺人なんかできる人じゃないもの」

しばらく沈黙があった。

「だ、だけど、ぼくは……あそこへ、裏山へ行ってしまった。夫のぼくが疑われるのは当然じゃないか」

山根のうわずった声に焦りが含まれていた。

「一昨日、盛岡に行ったのね?」

「朝、急に支店に呼び出されたんだよ。そんなこと、滅多《めった》にないんだけどね」

「そう、たまたま盛岡にいたってわけね」

ああ、と玲子は天を仰いだ。鏡子が計画を実行したまさにその日、山根が偶然、盛岡にいたのである。何という間の悪さだろう。

「六時ころだったか、好恵から携帯にかかってきた。『大事な話があるの。お義母さんには聞かれたくない話だから、どこか外でしたい』という。おかしいとは思ったけど、言われたとおり、裏山へ行ったんだ。そしたら……」

山根は声を詰まらせた。泣いているようだ。妻の死体を発見したときの衝撃を思い出したのだろう。

「奥さんが殺されていたのね?」

玲子は、黙り込んだ山根のあとを引き取った。頭の中のスクリーンには、鏡子が電話で好恵を呼び出す場面の映像が、繰り返し映し出されている。ニュースでは、「好恵は何者かに電話で呼び出された」と言っていた。それが、鏡子に違いない。——周囲の地理を調べ、寂しげな場所を選んで、公衆電話で好恵を呼び出す鏡子。誘いに応じる好恵。好恵が現れたのを物陰から見ていて、隙を見て近づき、背後から紐状のものを好恵の首に回し、思いきり首を絞める鏡子。好恵が絶命したのを確認して、現場から立ち去る鏡子。しばらくして現れる山根。好恵の死体を発見して、驚愕する山根……。

鏡子から呼び出しの電話があったことを、好恵が山根に話さないでおいたのは、そのほうが山根が「大事な話」というのを深刻に受け止めるだろう、と考えたからかもしれない。

「もう、だめだ」

電話の向こうで、山根は頭を抱え込んだのかもしれない。声に絶望感があふれた。

「死ぬしかない」

「死ぬなんて、やめて！」

彼の口から〈死〉という言葉が出たのにあわてて、玲子は夢中で止めた。

「だけど、ぼくは逃げ出したんだ」

「怖くなって逃げ出しただけでしょう？」

「で、でも、誰もがぼくを……」

そうだ、状況から考えれば、誰もが彼を疑う。しかし、玲子だけは知っている。真犯人が誰かを。

「大丈夫よ。わかってくれるわ。あなたが殺したんじゃない。誰も信じなくても、わたしだけは信じるわ。だって……」

そのあとは言えない。もう一人の自分、鏡子が殺したから、などとは。

「だけど、どう証明すればいい、って言うんだ？」

山根の声には、信じる、と言った玲子を責めるような響きがあった。冤罪《えんざい》を晴らせないもどかしい彼の気持ち、悔しさが伝わってきて、玲子の胸は痛くなった。

「大丈夫、わたしに任せといて。わたしが何とかするから。それまで……」

──自殺なんてバカなことを考えないで。

そう言葉をつなげる前に、電話が切れた。テレホンカードの度数が足りなくなったか、小銭が切れたのだろう。

2

山根には「わたしが何とかするから」と言ったが、実際のところ、具体的な案など何一つ浮かんではいなかったのだ。

玲子にできることは、ただ一つ、手鏡を取り出して自分の顔を映し、自分と──いや、鏡子と向き合って相談してみることだった。

「ねえ、どうすればいいの？」

「…………」

「計画を実行したことが裏目に出ちゃったわ」

「…………」

「山根さんが来る前に、鏡子、あなた、彼の奥さんに会ったんでしょう?」

興奮したせいか、気がついたら、もう一人の自分を呼び捨てにしていた。

「そのとき、どんなことを話したの?　どうして鏡子はいなくなったの?　山根さんの姿が見えたから?」

山根に見られてはいけない、と注意したのは玲子である。

「ねえ、お願い。そのときの状況、一部始終をわたしに教えてよ」

「…………」

「鏡子はわたし自身じゃないの。わたしが知らないと困るのよ」

「…………」

「お願い、何か言ってよ。わたしを助けて」

「…………」

「わたしが困ればあなたも困るのよ。ほら、困ってるじゃないの」

鏡子は、ほとんど泣きべそをかいている。それは、玲子が泣きべそをかいているからだ。

「わたしを助けたいと思わないの?　わたし、死んじゃうかもしれないのよ」

山根が自ら命を絶つようなことがあれば、玲子もどうなるかわからない。

「…………」

「わたしがいなくなってもいいの?　わたしがいなくなれば、必然的にあなたも消えるのよ」

「……」

「山根さんを助けてあげて」

「……」

「何とか言いなさいよ！」

玲子は、思わず鏡の表面を平手で叩いた。ちょうど自分の頰をぶつように。

気のせいか、一瞬、鏡子が目をつぶったように見えた。

しかし……そんなはずはない。

「いま……目をつぶったり、しないわよね？」

おそるおそる自分に、いや、鏡子に確かめてみる。

鏡子の口元が、かすかに緩んだ。一瞬だが、ニヤリ、とした表情に見えたのだ。

今度は、気のせいではない。玲子は、鏡を持っていないほうの右手で顎から頰にかけて触ったが、そのあたりは緊張でこわばっている。とても笑う余裕などはない。

――わたしをあざ笑った？

計画が皮肉な結果を産んだことを、もう一人の自分――鏡子は笑っている？　いい気味だと思っている？

「嫌っ！」

次の瞬間、玲子は鏡を投げ出していた。それは、クローゼットのドアに激しく当たって、裏面を天井に向けた形で床にころがった。

——割れた？

背中がヒヤッとした。かなり強い衝撃だった。割れないまでも、鏡面にひびが入ったかもしれない。

すぐに鏡に近づくまでの勇気はなかった。玲子は目をつぶり、体内に勇気が湧くのを待った。

どれくらいそうしていただろう。まぶたの裏に、あの手鏡の背面にあった蔓のような蛇のような模様が生まれたとき、ようやく目を開けた。

手鏡は、裏を見せたまま、そこにあった。こわごわと手を伸ばし、柄をつかむ。

表にひっくり返して、玲子は息を呑んだ。

映らない。自分の顔が映らない。

鏡子が消えた。

「ど、どこへ行ったのよ」

誰も、何も答えない。しんと冷えた静寂が玲子を襲う。

——反乱？

ふとその言葉を思いついて、玲子の頭に血が上った。怒りと恐怖と焦りが凝縮された、毒々しい色の血液が。

——鏡子が、主人であるわたしの意志を無視して、勝手に動き始めた？

いや、待てよ、と玲子は思った。鏡子は、わたしの願いを叶えようとして、何か行動を起こしたのかもしれない。

しかし、どこへ行き、何をしようとしているのか。しかも、〈本体〉の了承も得ずに。

玲子は、鏡子の行き先について考え巡らせた。自分は、鏡子にどうすればいいか、相談を持ちかけた。助けを求めた。わたしを助けて、と懇願し、山根さんを助けてあげて、と懇願した。鏡子はどうするだろう。

――警察へ行く?

玲子と山根を助ける手段の一つとして、それが考えられた。警察へ行き、〈真犯人〉である自分が自首するのだ。そうすれば、疑われたまま逃げている山根を救うことになる。だが、自首することは、玲子を窮地に陥《おとしい》れることにもつながるのだ。なぜなら、鏡子は玲子でもあるからだ。

「やめて」

鏡子が抜け出した鏡に向かって、玲子は叫んだ。戻って来て、と頼んだ。鏡子が警察に自首した場合に起こるであろう混乱を想像した。――警察は、〈真犯人〉として自首して来た鏡子――嶋村玲子を取り調べる。彼女と山根との不倫関係を知る。犯行について語る彼女の供述の裏付けを取ろうとする。すると、嶋村玲子が犯行当時、会社の同僚の女性と飲んでいたことがわかる。その女性の家にまで泊まっている。警察はこう判断を下す。「嶋村玲子が犯行を行なえたはずがない。嶋村玲子は、山根をかばって虚偽の供述をしたのだ」と。

いや、鏡子が自分を〈鏡子〉として供述する場合だってあり得る。

「わたしの名前は、嶋村鏡子です。わたしは嶋村玲子から生まれました。ふだんは、〈鏡の国〉に住んでいます。玲子に、山根要一の妻、山根好恵を殺すように頼まれました。そう、玲子のアリバイを確保するためにわたしが実行犯になってあげたんです。計画は成功しました。でも、わたしが立ち去ったあと、現場に山根さんが現れてしまったみたいで……。彼は怖くなって逃げただけなんでしょう。でも、逃げたことで疑われると思って、警察に行けずにいるんです。だから、わたしが本当のことを言いにここに来ました」

警察は、鏡子の供述をどう受け取るだろう。まさか、信用するわけがないだろう。天地がひっくり返っても。

鏡子は、いや、〈本体〉の嶋村玲子は、間違いなく狂人扱いされるだろう。山根との不倫関係だけが取り沙汰《ざた》されて、玲子は仕事も社会的信用もすべて失ってしまいかねない。

――こんなに悠長《ゆうちょう》にしてはいられない。

とにかく、鏡子を阻止《そし》するのだ。

表に飛び出ようとしたとき、ドアのすぐ向こうに人の気配がした。チャイムが鳴る。

「ど、どなたですか？」

ドア越しに声をかけた。

「フローリスト・サワです。お届けにあがりました」

男の声が応じた。

玲子は、ゆっくりとドアを開けた。黄色いバラの花束を抱えた、花屋の店員らしい青年が立っている。バラの本数は二十本ではきかない。

「帰っていらしたんですね。よかった。ちょっと早すぎたかな、と思ったんですけど、いますぐ届けて、とおっしゃったんで」

「それは……」

聞かなくても、腹の底から立ち上ってくる不吉な予感が玲子に教えていた。誰がやったのか、を。フローリスト・サワという花屋は、行きつけのスーパーの隣にある。店の前は頻繁に通るが、花を買う余裕さえない玲子には縁のない店だった。

「自分へのささやかなお祝いなのよ、そうおっしゃってましたよね。何かいいことでもあったんですか?」

「どれくらい前……でしたっけ?」

店員の質問には答えずに、玲子は聞いた。不吉な予感が膨れ上がる。

店員は、訝しげに眉を寄せる。「十五分くらい前でしたけど」

「お代は?」

不吉な予感は的中したのだ。ここで揉めても仕方がない。

「ええっと、はい、請求書です」

玲子の前に請求書が突き出された。

玲子は奥へ行き、財布から抜き出した一万円札を持って戻った。

＊

釣り銭を握ったまま、玲子は呆然と立ち尽くしていた。鏡子が「自分へのささやかなお祝いなのよ」と言って、豪華なバラの花束を自宅に届けさせた。それは、何を意味するのだろう。黄色いバラは、玲子の好きな花だ。

――わたしへの嫌がらせ？

――結果はどうであれ、指定された人物を殺す、という目的を果たしたのである。これは、達成祝いのつもり？

どちらとも考えられた。嫌がらせが続けば、玲子はノイローゼになる。玲子を追い出して、自分が〈本体〉の座に就くつもりでいるのかもしれないし、純粋に〈本体〉である玲子にお祝いのプレゼントをしたつもりでいるのかもしれない。だが、プレゼントのつもりでも、払うのは玲子なのだ。鏡子が〈鏡の国〉から引き出した財布で支払ってくれないかぎり、玲子は永遠に払い続けなければいけない。もし、これからも似たようなことが続くのであれば。

――似たようなことが、これからも続く？

ゾッとして、玲子は激しくかぶりを振った。そんなのは嫌だ。ダメだ。絶対に許せない。あってはならない。

――鏡子を、鏡の中に戻さなければ。

一刻も早く。でないと、何をされるかわかったものではない。

手鏡をカーディガンのポケットに突っ込んで、玲子は外へ飛び出した。ジャケットをはおる暇もなかった。鏡子はまだ、花屋の周辺にいるかもしれない。

花屋を通り過ぎ、スーパーに入った。〈自分〉の姿を求めて、捜し回る。スーパーを出て、駅のほうへ走った。

息切れがして立ち止まる。肩で息をしていると、「あれ?」と、すれ違ったばかりの女の子が振り返る気配がする。玲子も振り返った。若い母親に連れられた幼稚園児くらいの女の子だ。

「あのお姉ちゃん、さっき公園にいたよね」

母親の顔を見上げて、真剣に話しかけている。

「えっ?　あ、うん、先回りしたんだよ、きっと」

母親がおろおろしたようすで、娘に説明する。

玲子は、ハッとした。

――公園に鏡子がいる?

きびすを返し、公園へと駆け出す。近くに少し大きめの児童公園があるのは知っている。

児童公園にはすぐに着いた。自転車が通り抜けできないように杭《くい》が立てられた入口で、自分の、いや、鏡子の姿を目で捜した。土曜日のせいか、親子連れの姿が多い。父親の姿も目につく。

だが、鏡子の姿はなかった。

ここに来るまでに鏡子とはすれ違わなかった。彼女は、公園を通り抜けて向こう側へ行ったのかもしれない。玲子はそう考えて、自分も公園を突っ切ろうとした。

ところが、三角形の屋根を二つつけた建物のところまで来たとき、「あら」と、ふたたびそこから出て来た女性に不審げなまなざしを向けられた。彼女も女の子を連れている。三角形の屋根の建物は、こぎれいなトイレらしい。

「あの人、双子？」

女の子が母親に聞いた。

玲子の心臓は飛び跳ねた。

「わ、わたしにそっくりな女が、あの中にいるんですか？」

「え、ええ、トイレに」

母親は、つっかかるような玲子の勢いに面食らったように答えた。「この子が出たあとに……。

双子の姉妹じゃないんですか？」

「同じの、着てたよ」

女の子のささやいた声が耳に入った。

玲子は、凍りついた。鏡子がすぐそばに、五メートルも離れていない場所にいる。しかも自分とまったく同じ格好をして。

建物に入った。ひと組の母子がちょうど手洗いを終えて、出て来るところだった。

個室は二つ。手前は扉が開いている。奥の扉が閉まったままになっている。

玲子は、奥の扉の前に立った。

心臓が鼓動を速める。拳を固く握って、ノックをした。

コツコツ……。

ノックが返ってきた。規則正しい音で。

「鏡子?」

今度は、呼びかけてみた。

「…………」

声による反応はない。

――どうして? 彼女は、しゃべれないの?

そんなはずはない。玲子のかわりに会社へ行き、立派に仕事をこなした実績があるし、山根好恵を電話で呼び出しもしている。

玲子は、冷たくかじかんだような感覚の指先をドアノブにかけた。そっとノブを握る。ガシャッと回す。鍵が掛かっている。

「わたしに会ってしまっていいの？」

不意に、どこからか声が聞こえた気がした。

「いま、何か言った？」

玲子は、ノックをしながら個室の中にいる女に尋ねた。

「自分と会っても……いいの？」

今度は、はっきりと聞こえた。個室の中からだ。

「鏡子でしょう？　どういう意味？」

「…………」

「わたしに会ってもいいか……、自分と会っても……いいか……って……」

指先に電流を感じた。

玲子は、弾《はじ》かれたようにドアノブに掛けた手をはなした。

思い出したことがあった。

――もう一人の自分に出会った人間は、近いうちに必ず命を落とす。

そういう言い伝えだ。

自分の分身、二重体、ドッペルゲンガー。

確か、芥川龍之介《あくたがわりゅうのすけ》が自殺する前に、自分の分身――ドッペルゲンガーと街ですれ違ったのではなかったか……。

——ダメよ、ダメ。会ってはいけない。会ったら、あなた、必ず……死ぬわよ。

そう注意を促《うなが》す声は、確かに自分の声のように思えるが、どこから聞こえてくる声なのか玲子にはわからなかった。自分の心の中で生まれた声なのか、それとも、この扉の向こうから発せられた声なのか。

カシャリ、と音がした。鍵のはずれる音だ。

スルッ……。ドアノブが回りかけた。

恐怖が足を硬直させる。玲子は、ロボットのようなぎこちない動作で後ずさった。

扉が開きかける。扉と仕切りの壁のあいだに黒い隙間が生じる。その隙間が次第に膨らんでいくすえたような匂いが漂い出てくる。

何かが見えた。光る何かが。

「キャアッ！」

玲子は悲鳴を上げ、両手で目を覆った。見てはいけない。見てはダメ。そして、建物の外へころがるように飛び出した。

3

玄関ドアのノブに手を掛けて、今度も心臓が大きく脈打った。

開いている。

――鏡子が先回りして帰って来た？

だが、手鏡を確かめる前に、ドアが向こうから開けられた。

「山根さん」

山根の怯《おび》えたような目が、細めに開けられたドアからのぞいた。

玲子は、山根を押し込むようにして三和土《たたき》に入り、急いで施錠した。

「いま、来たところだよ」

「だ、大丈夫だった？」

山根は、小さく顎を動かした。

「不用心だな。鍵、開いてたぞ。掛けようとしたところへ君が……」

「あ、ああ、ちょっとそこまで行っただけだから」

山根の視線がテーブルの上へ動いた。そこには、安アパートには不釣り合いの豪華な花束がある。

「これは……」

玲子は、あわてて花束を取り上げた。「間違えて届けられたの。そのことでそこまで確かめに行って……」

「きれいなバラだね。黄色は君の好きな色だったよな」

そう言ってため息をついた山根の顔には、逃げている男とは思えない安らぎの表情が浮かんでいた。玲子の部屋に来たときにいつも決まって座るソファに、もう一度ため息をついて座る。台所のシンクに花束を置いた玲子は、立ったまま山根の顔を見つめていた。

「もう逃げるのはやめたよ」

山根は、ぽつりと言った。

「警察へ行くの？」

「ああ」

「すべて……話すつもり？」

「ああ」

「そう」

そのほうがいいわ、と続けるべきなのだろうが、玲子としてはいよいよ決断を下す時がやってきた。鏡子に警察に行かせ、すべてを正直に話させるか、自分が〈主犯〉としてすべてを話すか。二つのうちどちらかを選べ、と言われたら、やはり後者だろう。

「わたし……」

しかし、言いかけた玲子を山根の低い声が遮った。

「自首するよ」

「えっ?」

玲子は、ギクッとした。「いま……何て言ったの?」

「好恵を殺したのは、ぼくなんだ」

「うそ……」

「このまま逃げ通せるわけがない」

「本当に、あなたが奥さんを殺したの?」

「ああ」

「誰かを……かばっているんじゃなくて?」

山根が眉を寄せた。「誰をかばうって言うんだ?」

「誰って……。だけど、あなたに人が殺せるなんて思えない」

本気で、玲子はそう思っていた。山根が〈真犯人〉である可能性など、爪の先ほども頭に浮かばなかったのだった。

「電話で玲子に言われた。『あなたは殺人なんかできる人じゃない』ってね。途端に、気持ちがぐらついた。本当のことが言えなくなってしまった。まったく、ぼくは情けないほど弱い人間だよ」

「……」

「おふくろを悲しませたくない、とも思った。しかし、このまま逃げ通しているほうがよっぽどおふくろを悲しませることになる」

「山根さん」

絶望感と同時に、虚脱感に似た感覚に襲われ、玲子はその場にくずおれた。ポケットから手鏡の柄の先がのぞく。引き出してみた。鏡子は戻って来ていた。泣きべそをかいて、鏡の中におさまっている。玲子そのものの顔だ。

「ごめんなさい。何もしてあげられなくて」

「どうして玲子が謝るんだよ。君には何の責任もないだろう」

「でも……」

「来月に向けて、好恵とは何度か話し合ってきたんだよ。これ以上、夫婦としてやっていけない、と正直に自分の気持ちを伝えたんだ」

「わたしとのことを疑われなかったの？」

「『東京に女がいるんでしょう？』と聞かれたけど、まだ言う段階じゃないと思って君の名前は出さなかった。だけど、好恵はとっくに気づいていたらしい」

「じゃあ……」

――後ろめたくはないんですか？

と、電話をかけてきたのは、やはり山根好恵だったのか。

「気づいていて問い詰めなかったのは、やっぱり、ぼくへの関心も薄れていたってことなんだろうね。薄れていたくせに、妻という立場には執着していた。彼女は言ったよ。『お義母さんと二人の生活が、案外、居心地よくなっちゃってね』ってね」

「別れる意志はない、ってこと？」

「『お義母さんはどう思うかしら』、そうぼくに突きつけるのが彼女なりの脅迫だったんだろう。しかし、好恵は晴れて、おふくろの養女にもなった。ぼくは何もかも捨てて、君と一緒になる決意を固めていたんだよ。ぼくの気持ちが変わらないと知って、好恵の気持ちも徐々に離婚へ傾いていたようだ。そろそろおふくろにも本当のことを伝えなければいけない。おふくろに切り出そうとしていた矢先だったんだ。ところが、あの日、急に好恵は態度を豹変させたんだよ」

あの日とは、事件の日だ。

「急きょ、盛岡へ行くことになったことは、好恵には電話で伝えてあったんだ。夜にでもおふくろに会おうと思っていたからね。だけど、仕事が忙しくて会社から抜けられなかった。好恵から携帯に電話がはいって、『大事な話がある』という」

「呼び出されたのね？」

「行ってみて驚いたよ。街灯がぽつんぽつんとあるだけの寂しい場所に、亡霊のように好恵は立っていた。『どうしてあなたをここに呼び出したと思う』、彼女はそう聞いた。ぼくは冗談半分に答えたね。『まさか、ぼくを殺すためじゃないだろうね』ってね。好恵はどうしたと思う？」

「……笑ったの？」

山根の話からしか想像できなかった好恵という女が、いまその輪郭を露《あらわ》にした気がした。

「そう、思いっきり高らかにね」

「………」

「それから、好恵は言ったんだ。『わたしを殺すために呼び出したのは、あの女のほうだ』ってね」

玲子は、ビクッとした。あの女とは、鏡子のことだ。が、それはすなわち、自分のことでもある。

「そして、『調べはついている』と言って君の名前を言ったんだ。君から電話があって、同じ場所に呼び出されたんだそうだよ。来てみたら、君がちょうどぼくがいる場所に立っていたという。バッグから麻縄《あさなわ》のような紐がのぞいていたともいう。『わたしを殺しに来たの?』と聞いた好恵に、君はにこりともせずに答えたそうだよ。『はい、そうです』ってね。そんな話が信じられるか? 玲子は東京にいるはずじゃないか。ぼくに黙っていきなり盛岡に来たりはしない。しかも、好恵を殺しにやって来るような女じゃない。ぼくは、そんな作り話を笑いながら話してみせる彼女がひどく恐ろしくなったんだよ」

玲子は、口の中にたまっていた生唾を呑み込んだ。

「君との会話ってのを、好恵はさも現実にあったように語ってみせたよ。『あなた、そんなに主人と一緒になりたいの? わたしが邪魔でしょうがないのね、殺したいほどに。いいわ、別れてあげるわ。だから、バカな考えはよしなさい。そんなに愛しているなら、主人と一緒になればいいわ』、好恵に言わせれば、狂気に取り憑かれた君に正気を取り戻させるための、自分なりの必死の演技だったそうだよ。『別れてあげる』と言われた君は、満足したようにきびすを返したという。

ところが、恐怖心が和《やわ》らぐにつれて、好恵の中に君に対する怒りがこみあげたんだそうだ。怒りがおさまらなくなった好恵は、亭主のぼくを同じ場所に呼び出した。そして、嶋村玲子という女の本性を教えてやろう、と思い立ったという。

ぼくは言ってやったさ。『おまえが見たのは、本物の彼女じゃない。おまえの幻想が産み出した現実には居もしない女だよ』ってね。しかし、好恵は言い張った。『違う、本当に嶋村玲子が現れたのよ』と。その証拠が、足下に落ちている紐だと言うんだ。麻縄のような細い紐。それは、君が持って来た紐だという。その紐を拾って、『こんなもの、どこにでもある紐じゃないか。証拠になんかならないよ』とぼくが言い返した途端、彼女はヒステリーを起こした。別れる決意が固まりかけていたくせに、『やっぱりやめるわ』と言い出したんだ。『かわりに、あの女の生活をめちゃくちゃにしてやるわ』ってね。『会社に乗り込んで、あなたとのことをすべて言いふらしてやる。怪文書を配ってやる』とまで言ったよ。

どう？　笑っちゃうだろ？　ゾッとするだろ？　そんな見えすいたうそをつく女、荒唐無稽《こうとうむけい》な作り話までして君の人間性を貶《おとし》めようとする好恵のほうこそ、ぼくは許せなかった。そして、作り話を本当にあったことのように思い込んでしまう好恵という女が、どこかよその惑星からやって来た生物のように思えて、怖くてたまらなくなった。彼女こそ狂っている。このままだと何をするかわからない。本当に、君の生活までめちゃくちゃにしてしまうだろう。好恵をこのままにしておくわけにはいかない。生かしておいたら君が危険だ。ぼくは、手に持っていた紐で好恵の首を絞めたんだ。あいつの息の根が止まるまで。紐は……どこへ捨てたのか。逃げる途中で、どこかの川へ投げ込んだような気がする」

告白を終えて、山根はがっくりとうなだれた。

4

「この鏡は生きています。持っていた人間の意志が、鏡の奥深くまで染み込んでいます」

「怨念《おんねん》がこもっている……ということですか？」

玲子が尋ねると、真っ黒いサングラスをかけた女性は、ツルツルした鏡面と木彫りが施された裏面をしばらくてのひらと指の先で撫で回すようにしていたが、「怨念というのとは、ちょっと違うかもしれません」と答えた。「ただ……深い悲しみが指の先に伝わってきます」

「深い悲しみ？」

「望んでも叶えられなかった切ない思い、でしょうか。悲願……と言ってもいいかもしれません」

　玲子は、超能力者だという彼女の真っ赤に塗られた厚い唇から、思いもよらなかった言葉が発せられるのを見つめていた。

　思春期のころに失明した女性だという。失った視力のかわりに、てのひらや指先に特別な能力が宿ったのだろうか。あるときから、手を触れただけで、そのものが持つ歴史や、所有していた人間がそこに残した感情などを読み取れるようになったのだという。ときには、心の目に映る光景もあるという。盲目の超能力者のことを週刊誌で読んだ憶えのあった玲子は、雑誌社に問い合わせ、彼女を捜し当てた。しかし、「霊能力者」とか「占い師」として、大々的に看板を掲げているような女性ではなかったので、彼女が信仰しているという新興宗教の信者筋に頼み込んで、彼女に会う機会を作ってもらったのだった。そのために、少なくない額のお金も使った。映すものを反転させないという特殊な鏡である。視力を失った超能力者の彼女は、この鏡を〈見せる〉のに格好の人物であった。

　玲子は、〈魔力の宿るこの手鏡をどう処分すればいいか〉を知りたかったのだ。捨てるにしても捨て方があるのではないか。処分の仕方を間違えると、何らかのたたりがありそうに思えて怖かった。

　一日も早く、この鏡を手放したい。その思いも強かった。なぜなら、鏡子は最近、ますます頻繁に鏡を抜け出すようになったからだ。〈本体〉である玲子との〈ニアミス〉を楽しんでいるようにさえ見える。まだ大きな事件こそ起きていないが、騒動を起こすのも時間の問題のように思える。

「……ああ、着物を着た女性が見えますね。二十歳くらいでしょうか」

女超能力者は言った。「手鏡に自分の顔を映して、長い髪を櫛《くし》でといています」

「この手鏡ですか？」

「たぶん、同じものでしょう。見事な手彫りの模様があります。草の蔓か、絡んだ蛇のような模様の」

指先の感触で細かな模様がわかるらしい。

「若い女性は、幸せそうに微笑んでいます。好きな人に会いに行くところなのかもしれません」

女超能力者の眉間にしわが寄った。

「それから……鏡に血が飛び散っているのが見えます。着物姿の女性が倒れているのも。鏡を持っていた若い女性は、誰かに殺されたんでしょう。……刀の刃が光っているのが見えます」

「刀で切られた、ということですか？」

「そうでしょうね。可哀そうに」

「手鏡はどうなったんでしょうか」

「手鏡は……黒い穴に吸い込まれていきます。クルクル回転しながら、どこまでもどこまでも。そして、ふたたび上昇して……」

次に見えるのは何だろう。玲子は、息を呑んで次の言葉を待った。

「別の女性の手に握られているのが見えます。この女性は……白っぽい服を着ていますが……白い雲のようなものに包まれて、よく見えません」

〈透視〉するのにかなりのエネルギーを使うのだろう。女超能力者の額に汗の玉が浮かぶ。

「あの、この手鏡はどうすればいいのでしょう。持っていたくはないのですが、捨てるにしても供養《くよう》の仕方があるように思えるんです」

時間や質問の数に制限があります、と仲介者の信者にそれとなく匂わされている。焦りを覚えた玲子は、核心に触れた。

「捨てるということは、すなわち、ほかの人間の手に渡ることを意味します」

「誰かに譲らなければいけないということですか?」

「人の手に渡った時点で、あなたを悩ませていた現象が消えるはずです。もし、そういうものがおありでしたら」

ええ、あります、大いにあります、と玲子は答えたかったが、余計な問答に時間を取られたくはなかった。

「誰に譲ればいいのでしょうか」

「切実に必要としている人です」

「誰が切実に必要としているんですか?」

「最初の持ち主か、あるいはこれから必要としている人間か」

「でも、最初の持ち主は死んでしまったんでしょう?」

彼女の〈透視〉によれば、刀で切り殺されてしまったのではなかったか。

「彼女が最初の持ち主かどうかは、わかりません」

「ああ……そうですね。じゃあ、これから必要としている人が誰か、わかりませんか?」

「さあ、そこまでは」

女超能力者は首をかしげた。「わたしに、未来までは見通せませんから」

5

——ここで、この手鏡を拾ったんだった。

玲子は、拾ったときと同じ黒い巾着袋に入ったそれを右手に持ち、ホームの椅子に座った。

東十条駅のホームだ。

未来までは見通せない、とあの女超能力者が言った瞬間、玲子の頭にある考えが閃いた。未来がだめなら過去に戻そう。一つ前の過去の持ち主に、これを返してあげよう、と。

もう少し早くそのことに気がつけばよかったのだ、と思った。一つ前の持ち主は、これを落とした可能性が高い。故意にこんな場所に捨てて行ったとは思えないからだ。

落としたとすれば、必死になって探しているだろう。鏡子が自分に〈悪さ〉をするのは、一つ前の持ち主の意志が何らかの形でかかわっているせいかもしれない、などと玲子は考えた。

——ごめんなさいね。

玲子は、取り出した手鏡に顔を映し、心の中で謝った。大切に持っていてあげられなくて、ごめんなさいね。考えてみれば、この鏡は〈悪さ〉ばかりをしたのではない。玲子に〈幸運〉ももたらしてくれた。どんな形にせよ、玲子の望みを叶えてくれたのである。玲子は、自分がもっとも望んでいたものが何かを思い返してみた。いちばん望んでいたのは、山根と結婚することだった。そのために、邪魔な山根の妻、好恵を殺したいとは思ったが、殺さずに済むのであればそれに越したことはない、というのが本音だったのだろう。鏡子は、玲子が意識せずにいたそんな〈本音〉までちゃんと見透かしていた。したがって、好恵が「別れてあげる。主人と一緒になればいいわ」と譲歩した途端、最終的な望みが叶えられたと知って、殺害を思いとどまったのだろう。その意味では、鏡子は、玲子の恩人でもあるのだ。〈殺人者〉にならないことで玲子を救ってくれたのだから。

しかし、皮肉なことに、かわりに殺人者になったのは、山根要一だった。鏡子は、玲子の願いを叶えてくれたが、玲子が自分の手でその幸せを逃してしまったのである。

「身から出た錆《さび》、ってことね」

玲子はため息をついて、小声でつぶやいた。手鏡を袋に戻し、そっと椅子の下に手を伸ばす。

元の場所に置いてふと顔を上げると、花束を持った女性と目が合った。訝しげなまなざしをこちらに投げている。二十代前半の知的に見える女性だ。大学生だろうか。

とがめられないうちに、と玲子は席を立った。足早に立ち去ろうとすると、「すみません」と女性の声が呼んだ。

振り返ると、さっきの大学生風の彼女だ。

「落としましたよ」

彼女の視線は、椅子の下に向けられた。

「えっ？　あ、ええ……あの……いいんです、それは……もともと、そこにあったものですから」

玲子は、しどろもどろに答えた。

「じゃあ、落とし物ですね？　駅員さんに知らせたほうがいいんじゃないですか？」

あなたがすべき、というふうに彼女が自分を見ているので、玲子はきまずくなってふたたびそれを拾ってしまった。

「そうですね、遺失物として届けるべきなんでしょうけど……」

どう答えようかちょっと迷って、とっさに玲子は思いついた。「あの、すみませんけど、わたしのかわりに届けてくれませんか？　実は、ずっと前に拾っていたんですけど、バッグに入れたまますっかり忘れていたんです。それで、何となく気後れしてしまって……」

「ずっと前って、いつですか？」

「あれは、いつだったか、一月の終わりだったかしら。ああ、ここで飛び込み自殺があった日です。大学院生の男性が自殺した日。あの日の夜に、ここで拾ったんです」

彼女の目の奥で、真摯《しんし》な色の光がまたたいた。

玲子は、彼女が手にした花束のすべてが白い花なのに気がついた。白いバラに白い百合《ゆり》。

「わかりました。じゃあ、わたしが届けておきます」

白い花束を抱えた若い女性は、玲子の手から手鏡の入った黒い布袋を受け取った。

階段のところまで歩いて玲子が振り返ると、彼女は白い花束を手にホームにたたずみ、じっと線路のほうを眺めていた。

エピローグ

『外山』と表札が出た白い外壁の二階建ての家から、ほっそりした体型の女性が出て来た。

この家の主婦、外山喜美代だ。

喜美代は、駐車場にあった自家用車を運転してどこかへ出かけて行った。行き先はたぶん、市立図書館だろう、と町田ユリは思った。

帽子をかぶったユリは、家の中に誰もいなくなった外山家の前をゆっくりと通り過ぎた。

この家には三人が住んでいる。喜美代と、サラリーマンである夫の外山克典と、高校生になったばかりの息子の外山彰の三人だ。

喜美代の家に関しては、ほぼ調べ終えた、とユリは思っている。家族構成から生活のリズム、それぞれの食べ物の好みに至るまで。

あとは、どこから攻めるか、じっくり計画を練るだけだ。

喜美代本人から攻めるか、夫の克典を最初のターゲットに選ぶか、それとも、いちばん年若い息子の彰にするか……。

ユリは、バッグの外ポケットに右手を突っ込んだ。手に触れたそれをそっと撫でる。黒い布袋に入った手鏡だ。

魔鏡――と、ユリはその鏡を呼んでいた。普通の鏡ではないことは、顔を映してみてすぐにわかった。右手は右手として、左手は左手として、左右を反転させずにきちんと映し出す、まさに魔法の鏡なのだ。

魔鏡は、ユリにとってはお守りだった。鏡に映った自分に語りかけると、不思議に気持ちが落ち着いた。モヤモヤした頭の中が晴れるように、霧がかかってよく見えなかった自分の心の中も鮮明に見通せる気がした。

――あなたは、何をいちばん望んでいるの？

そう自分の胸に問いかけると、もう一人の自分が迷わずに答える。外山喜美代に復讐したい、と。

外山喜美代。桜井雅晴を死に追いやったくせに、葬儀にも顔を出そうとはしなかった薄情な女。桜井が死んだあと、ユリは何度も喜美代の家に電話をした。が、そのたびに喜美代は「わたしは関係ありません」と、桜井の死とのかかわりを冷たく否定した。

「桜井さんのアパートには行ったけど、結局、彼は部屋から一歩も出て来なかったのよ。あんなことになって本当に残念だわ」

ユリは、喜美代の態度に不審感を抱いた。桜井は明らかに、喜美代と出会ってから精神的により追い詰められていったのである。「わたしたちの関係はね、特別なのよ」と言った喜美代の言葉も、頭の隅に引っ掛かっている。

——桜井を狂わせるきっかけが、二人のあいだに確実に存在したはずだ。

ユリは、そう推理していた。

桜井の自殺と魔鏡。

二つはどう結びつくのだろう。その点についても、ユリは必死に推理を巡らせた。桜井が自殺した日にホームで拾ったというあの女性の話が事実であれば、桜井が落とした鏡という可能性も考えられる。だが、ユリは、桜井からひとことも不思議な鏡について聞かされた憶えはなかった。もちろん、彼が秘密にしていた、という場合も考えられるのだが。

桜井以外の誰かが落とした鏡と考えたほうが、やはり、推理に無理がないのかもしれない。喜美代があの日、桜井と一緒に東十条の駅のホームに立っていたとしたら、鏡を落としたのは喜美代という可能性だって考えられるのだ。

——彼の死は、この魔鏡と関係がある？

鏡の持ち主は喜美代で、彼女が桜井にその〈魔鏡〉を見せてやったとしたら、桜井の中の研究者としての血が騒いだに違いない。魔鏡の正体を探ろうとして夢中になったあまり、心も身体もボロボロに壊れてしまったのではないか。そう言えば、やつれた顔の彼は、「大事な研究をしているから」と言っていた。

それが事実ならば、桜井雅晴を殺したのはほかでもない、外山喜美代だ。

それにしても、なぜ、この鏡を拾ったというあの女性は、ずっと持ち続けたままでいたのだろう。バッグに入れたまま忘れていた、という彼女の話は信憑性《しんぴょう》が薄い気がする。

ユリは、鏡を拾った女性と魔鏡との関係についても推理を巡らせた。

あの女性が、拾った鏡の魔力に気づき、手放すのを惜《お》しんだという可能性もある。あるいは、魔力をもてあまして、ふたたび同じ場所に捨てに来たというそれも。

――とにかく、魔鏡はいま、わたしの手の中にある。

鏡に魔力が宿っているのは明らかだ。その魔力にすがろう、とユリは考えた。

いま、ユリが願うことはただ一つ。自己保身に取り憑かれた主婦、外山喜美代の家庭が崩壊すること。それだけだった。

参考文献

『鏡の魔術』　由水常雄著　一九九一年　中央公論社
『鏡の中のミステリー』　高野陽太郎著　岩波科学ライブラリー55
一九九七年　岩波書店

一〇〇字書評

見つめないで

切り取り線

本書の購買動機（新聞名か雑誌名か、あるいは○をつけてください）

＿＿＿新聞の広告を見て	雑誌の広告を見て	書店で見かけて	知人のすすめで

住所

なまえ

年齢

職業

あなたにお願い

この本をお読みになって、どんな感想をお持ちでしょうか。右の「一〇〇字書評」を私までいただけたらありがたく存じます。今後の企画の参考にさせていただきます。

あなたの「一〇〇字書評」は新聞・雑誌などを通じて紹介させていただくことがあります。そして、その場合は、お礼として、特製図書カードを差しあげます。

右の原稿用紙に書評をお書きのうえ、このページを切りとり、左記へお送りください。電子メールでもけっこうです。

〒101-8701　東京都千代田区神田神保町三―六―五
九段尚学ビル　祥伝社　☎（三二六五）二〇八〇
祥伝社文庫編集長　加藤　淳
bunko@shodensha.co.jp

祥伝社文庫

上質のエンターテインメントを！　珠玉のエスプリを！

祥伝社文庫は創刊15周年を迎える2000年を機に、ここに新たな宣言をいたします。いつの世にも変わらない価値観、つまり「豊かな心」「深い知恵」「大きな楽しみ」に満ちた作品を厳選し、次代を拓く書下ろし作品を大胆に起用し、読者の皆様の心に響く文庫を目指します。どうぞご意見、ご希望を編集部までお寄せくださるよう、お願いいたします。

2000年1月1日　　祥伝社文庫編集部

●NPN842

見《み》つめないで　長編サイコホラー

平成13年2月20日　初版第1刷発行

著者　新《にい》津《つ》きよみ
発行者　村木博
発行所　祥《しよう》伝《でん》社《しや》
東京都千代田区神田神保町3-6-5
九段尚学ビル　〒101-8701
☎03（3265）2081（販売）
☎03（3265）2080（編集）
印刷所　錦明印刷
製本所　ナショナル製本

万一、落丁・乱丁がありました場合は、お取りかえします。
Printed in Japan

ISBN4-396-32842-7　C0193
祥伝社のホームページ・http://www.shodensha.co.jp/